HARLEQUIN

Deseo

ATRAC

Ca

HARLEQUIN

Tiempo para ti

NOVELAS CON CORAZÓN

Editado por HARLEQUIN IBÉRICA, S.A.
Hermosilla, 21
28001 Madrid

ATRACCIÓN MÁGICA, Nº 1163 - 9.10.02
Título original: Moonstruck in Manhattan
Publicada originalmente por Harlequin Enterprises, Ltd.

I.S.B.N.: 84-671-0164-4
Depósito legal: B-34036-2002
Editor responsable: M. T. Villar
Diseño cubierta: María J. Velasco Juez
Composición: M.T., S.L.
Avda. Filipinas, 48. 28003 Madrid
Fotomecánica: PREIMPRESIÓN 2000
c/. Matilde Hernández, 34. 28019 Madrid
Impresión y encuadernación: LITOGRAFÍA ROSÉS, S.A.
c/. Energía, 11. 08850 Gavá (Barcelona)
Fecha impresion para Argentina:18.3.03
Distribuidor exclusivo para España: LOGISTA
Distribuidor para México: PUBLICACIONES SAYROLS, S.A. DE C.V.
Distribuidores para Argentina: interior, BERTRAN, S.A.C. Vélez Sársfield, 1950. Cap. Fed./ Buenos Aires y Gran Buenos Aires, VACCARO SÁNCHEZ y Cía, S.A.
Distribuidor para Chile: DISTRIBUIDORA ALFA, S.A.

Prólogo

–La novia no va a tirar el ramo.

Chelsea estiró la pierna bajo la mesa para buscar las sandalias que se había quitado antes.

Los pies le estaban matando. Casarse en una playa de California al amanecer resultaba romántico; pero no resultaba tan divertido para las damas de honor, que tenían que pasar el resto del día con las sandalias llenas de arena.

–¿De qué estás hablando? ¡Tiene que tirar el ramo! –dijo Gwen–. Torrie es la persona más convencional que conozco.

–Tal vez haga un pequeño esfuerzo para intentar hacerme con él. Claro está, si creyera que atrapando un ramo de flores me iba a salir una cita –dijo Kate.

–¿Una cita? ¿Eso qué es? –preguntó Gwen.

–¿Tanto tiempo ha pasado, eh? –preguntó Chelsea, y se echó a reír con sus amigas.

Tras compartir el mismo dormitorio durante su último año en la facultad, Chelsea, Kate y Gwen habían tomado distintos caminos con el fin de alcanzar sus objetivos profesionales. Sin embargo, habían continuado con la amistad. Chelsea no pudo evitar recordar la cantidad de veces que habían mantenido conversaciones similares a aquella a través de los años, discutiendo sobre la escasez de citas en la gran ciudad.

En ese momento se oyeron unos silbidos y vítores que las invitaron a mirar hacia el otro extremo de la pista de baile, donde el novio le estaba quitando la liga a la novia.

–Tienes que estar equivocada, Chels –dijo Kate,

que en ese momento se puso de pie–. El ramo viene justo después de la liga.

Chelsea le agarró del brazo.

–Pero no es el ramo lo que va a lanzar. Es la falda.

Sus dos amigas la miraron, primero asombradas y después divertidas.

–¿No será la falda esa que atrae a los hombres? –preguntó Gwen.

–¿La que se compró en esa isla cuando se fue a hacer un crucero?

–La misma.

Todas habían escuchado en innumerables ocasiones la historia de cómo el barco en el que Torrie estaba haciendo un crucero, desviado de su ruta por una tormenta, había anclado en una remota isla, y de cómo Torrie había encontrado una pequeña tienda donde una anciana modista le había vendido una falda especial. Según la mujer, cada primavera, las ancianas de la isla se reunían en una playa a la luz de la luna para hilar las fibras de una planta llamada *lunua*. Según la tradición, cualquier mujer que llevara una prenda fabricada con aquel tipo de hilo, que supuestamente había sido «besado» por la luna, atraería a los hombres. Y uno de esos hombres acabaría siendo su alma gemela.

En el fondo, Chelsea siempre se había preguntado si las mujeres de esa isla no se habrían ido a la playa a fumar las fibras de otra planta y a hilar historias en lugar de tejido.

Aunque la falda era negra y a Torrie le quedaba muy bien, ninguna de ellas había logrado ver nada especial en el tejido o en nada más. Sin embargo, Torrie juraba que cada vez que se había puesto la falda, había pasado lo que las mujeres le habían vaticinado. Y finalmente decía que le había llevado a conocer a su recién estrenado marido.

–Nos estás tomando el pelo –dijo Gwen, con los ojos puestos en la novia–. No va a lanzar la falda porque ni siquiera la tiene puesta.

–La lleva puesta –dijo Chelsea, y en ese momento Torrie empezó a levantarse la falda del traje de novia–. Me dijo que no se la quitaría hasta que él le dijera «sí, quiero».

Entonces se levantaron las tres al mismo tiempo.

–¡Debemos de estar bastante desesperadas para creer en los poderes de una falda besada por la luna! –comentó Kate.

–Quiero atraparla –dijo Chelsea.

Gwen y Kate se volvieron a mirarla.

–¿Tú? Pensábamos que te habías retirado de las relaciones sentimentales desde lo del zángano de Boyd.

Kate le dio un codazo a Gwen.

–No íbamos a volver a mencionar su nombre. ¿Recuerdas? Un tipejo de esa calaña no merece ni un minuto de nuestra conversación. Me parece estupendo que quieras volver a salir con hombres, Chels.

–No, pero yo no... Quiero decir... –Chelsea balbuceó, conmovida por el cariño que percibió en sus amigas.

En realidad no quería la falda para atraer a los hombres. Tenía planes totalmente distintos para la falda de Torrie. Pero Kate y Gwen parecían tan contentas por ella...

–Adelante, chica –dijo Gwen–. Si la lanza hacia nuestro lado, te la pasaremos a ti.

–Os quiero –dijo Chelsea antes de abrazarlas a las dos.

Cuando consiguieron abrirse paso hasta la cabecera de la pista, delante de otras solteras, Torrie ya se había sacado la falda y la agitaba sobre su cabeza como un lazo.

Entonces la falda salió volando. Chelsea pegó un salto y agarró la tela con fuerza. Entonces, mientras abrazaba la falda con empeño, sintió un extraño cosquilleo.

¿Una planta mágica que había sido besada por la luna? Ridículo. Sin embargo, una falda que atrajera a los hombres como un imán sería el truco que necesitaba para vender su próximo artículo a la revista *Metropolitan.*

La miró, y una imagen apareció en su mente; estaba sentada a la mesa del editor de la revista *Metropolitan,* bolígrafo en mano, escribiendo una columna.

Ese era su sueño.

Debió de ser su imaginación porque, por un momento, también vio a un hombre sentado allí con ella.

Capítulo Uno

–¡Quítatela! ¡Quítatela! –Daryl se asomó por la barra del bar mientras le echaba a Chelsea una de sus deslumbrantes sonrisas.

Miró a su compañera de piso mientras ella se ceñía un poco más el abrigo.

–¿Aquí? ¿En mitad del restaurante? –señaló hacia los enormes ventanales que los separaban de la acera, por donde circulaban cientos de peatones–. ¿Con medio Manhattan mirándonos?

–Cariño, dijiste que era algo que no podía esperar hasta que terminara el trabajo.

–Y no puede esperar –dijo Chelsea–. No te habría molestado de no haber sido una emergencia. ¿No podrías tomarte unos minutos libres y meternos en uno de las salones?

Daryl volteó los ojos y pasó un paño por la superficie de la reluciente barra. Llevaba su larga melena negra atada con una coleta a la altura de la nuca y unos aros de oro en las orejas.

–Falta una semana para Navidad, y aunque sé que no es nuestra época del año favorita, el resto del mundo se vuelve loco. Los comedores privados están todos reservados. Si quieres que te ayude con esa falda, va a tener que ser ahora mismo y aquí mismo, antes de que se llene el local.

Chelsea estudió el estiloso local. A las once cuarenta y cinco de la mañana el bar seguía vacío. En el comedor principal, ya había unas cuantas mesas ocupadas y el maître estaba en ese momento sentando a una pareja en una mesa cercana.

–Chels –dijo Daryl–. No te estoy pidiendo que te

desnudes. Solo quítate el abrigo. ¿No te parece que es hora de que hagas una prueba con esa falda que dices que atrae a los hombres?

Pero Chelsea no se quitó el abrigo. Tal vez fuera ridículo, pero el pensar en llevar la falda en público le ponía algo nerviosa. Había estado tres semanas colgada en su armario, pues ni siquiera se la había probado, y solo se la había puesto esa mañana cuando la habían llamado de la revista *Metropolitan*. La editora le había pedido que llevara la falda puesta cuando fuera a firmar el contrato.

¿Podría una falda de la suerte ayudar a una chica soltera a atraer a los hombres en Manhattan?

Esa era la pregunta que había vendido no solo uno, sino tres artículos.

–¿Qué ocurre, Chels? –le preguntó Ramón, mientras se limpiaba las manos meticulosamente en un paño de cocina–. Estoy preparando un soufflé, pero me han dicho que había una emergencia.

–Chelsea tiene un problema con la falda –le informó Daryl.

–¡Un problema con la falda! –Ramón, su primo, que en realidad se llamaba Raymond, entrecerró los ojos y la miró con indignación.

Con su metro ochenta y cinco y sus más de cien kilos de peso, Ramón parecía un jugador de béisbol. Pero en realidad el hombre estaba como pez en el agua con su gorro y su mandil de cocinero. Los cuatro años que había pasado en el cuerpo de marines le permitían dirigir su cocina con eficacia.

–¿Me habéis apartado de mi soufflé para resolver un asunto relacionado con una falda?

–Cálmate, necesito que ocupes mi lugar detrás de la barra para hacer un poco de magia relacionada con el diseño. Ya sabes lo fanático que es nuestro amigo Pierre.

Ramón miró su reloj.

–Te doy sesenta segundos, ni uno más.

–De acuerdo. ¡Fuera abrigo! –dijo Daryl, chasqueando los dedos–. Y ponte ahí al lado de la ventana para que pueda verte bien.

Chelsea echó una última mirada al comedor. Aparte de la pareja sentada cerca de la entrada del local, había cuatro mujeres que acababan de acercarse a la mesa del maître. El restaurante tardaría poco en llenarse, de modo que o lo hacía en ese momento o tendría que dejarlo.

–Cincuenta segundos –anunció Ramón.

Chelsea aspiró hondo y se quitó el abrigo, que dejó sobre uno de los taburetes de la barra. Cuando le echó una mirada a la falda, se le fue el alma a los pies. Le quedaba tan mal como había visto esa mañana en el espejo, ancha de cintura y demasiado larga. ¡Cómo iba a atraer a los hombres! Lo más probable era que los hombres la vieran y huyeran despavoridos. Aquello no la ayudaría a conseguir los tres artículos que le había prometido a la editora de *Metropolitan.*

–Es demasiado grande para ti –anunció Ramón–. Y solo te quedan cuarenta segundos.

–Creo que si le metiera un poco la cintura y le subiera el bajo unos diez centímetros...

–No se pueden hacer alteraciones permanentes. La mujer de la isla le dijo a Torrie que podría neutralizar el poder de la falda.

Daryl arqueó las cejas.

–Pensé que no creías en todas esas tonterías de la luz de la luna.

–No las creo. Quiero decir, en realidad no las creo, pero me acaban de ofrecer un contrato para escribir tres artículos en *Metropolitan,* y sería agradable que ocurriera algo mientras llevo puesta esta falda.

–¡Vendiste tu idea! –Daryl le dio un fuerte abrazo–. ¡Estupendo!

Ramón miró el reloj y le hizo una señal de aprobación.

–¡Así se hace, Chels! Treinta segundos.

–Anímate, Ramón. Deberíamos estar abriendo una botella de champán.

–No, tiene razón, Daryl. Los dos tenéis que volver al trabajo, y yo me voy ahora mismo a *Metropolitan* a firmar el contrato. Solo se me ocurrió que antes debía probarme la falda... –hizo una pausa y miró a su alrededor de nuevo, pero solo sus dos compañeros de piso la miraban–. ¿Qué os parece?

–Creo que es un timo –dijo Ramón–. Si esa falda tuviera poderes especiales, ¿no crees que nos afectarían a Daryl a mí?

–No, por Dios –dijo Daryl quitándole importancia con un gesto de la mano–. Las mujeres no me atraen y tú eres su primo, Ramón. Estoy seguro de que eso tiene algo que ver.

–Las cosas hay que planearlas, Chels. Tal vez deberías haberte probado la falda antes de vender la idea.

–Torrie dijo que no tenía el mismo efecto en todos los hombres –se miró de nuevo la falda–. De momento, conque os hiciera gracia estaría feliz. Me veo ridícula con ella puesta.

–No te preocupes –dijo Daryl mientras le metía las manos por debajo del jersey–. Utilizaremos un truco que hacen las modelos. Ramón, pásame la grapadora.

Ramón hizo lo que le pedía.

–Veinte segundos.

–Una en este lado... otra en el otro... y otra atrás. El truco consiste en hacer las pinzas pequeñas para que no se noten. Ya está –Daryl le devolvió la grapadora a Ramón–. Ahora el celofán.

Ramón se lo pasó.

–Diez segundos.

–Esta parte sería más sencilla si pudieras quitarte la falda –le dijo Daryl a Chelsea.

–Debes estar de broma.

–Estás de broma.

Daryl se encogió de hombros, se puso de rodillas y le metió la mano por debajo de la falda.

–El enemigo se acerca por la izquierda –dijo Ramón en voz baja.

Daryl y Chelsea se volvieron al mismo tiempo y vieron que el maître iba hacia ellos. Era un hombre bajo, con el cabello canoso y un bigote poblado y de puntas retorcidas. A Chelsea le recordaba a Hercules Poirot.

–¿Qué está pasando aquí? –preguntó con un acento que Chelsea decía que era francés de pega.

–No es más que una emergencia de estilo, Pete.

–Me llamo Pierre. ¿Cuántas veces tengo que decírtelo?

–Ahora mismo terminamos –partió una tira de celofán, dobló un poco el bajo de la falda y lo pegó con el celo.

–Déjalo de una vez. Primero le has metido la mano por debajo del suéter, y ahora de la falda. ¿Qué van a pensar los clientes? –le preguntó Pierre, y entonces miró a Chelsea–. Señorita, debo pedirle que...

Pero Chelsea no lo miraba a él, sino a la pareja que había sentada más allá de la entrada. La mujer no la miraba, pero el hombre sí. Y, pensándolo bien, parecía como si estuviera molesto. Notó que Daryl le metía las manos de nuevo por debajo de la falda.

–Daryl, creo que será mejor que...

–Señorita –Pierre hizo una pausa para aclararse la voz–. Me gustaría disculparme por el comportamiento de nuestro camarero. Si me permite el placer de acomodarla en una de nuestras mejores mesas, puedo ofrecerle algo de comer.

Chelsea se quedó mirando al maître. Hacía unos momentos le había puesto mala cara, y de golpe y porrazo sonreía de oreja a oreja y la estaba invitando a comer.

–Date la vuelta –le ordenó Daryl mientras cortaba otro pedazo de celofán.

–Los clientes nos están mirando. No quiero que te echen –dijo Chelsea en voz baja.

–Solo me falta un poco. Date la vuelta.

Al darse la vuelta vio que el hombre la miraba, y entonces, aunque se había vuelto de espaldas, sintió su mirada hasta donde Daryl estaba fijando el trozo de celofán al dobladillo.

–No has escuchado nada de lo que te he dicho.

Zach apartó la mirada de la mujer que estaba en la barra y se volvió hacia su tía favorita. Desde niño, Miranda McDaniels había sido para él la extravagancia personificada. También era una de las personas más generosas y amables que conocía.

–Sí que te he escuchado. Estás intentando convencerme de que...

Pero dejó de hablar cuando se acercó un camarero a anotar lo que iban a beber. Zach ahogó una sonrisa cuando su tía pidió un Martini seco con una guinda.

–¿Y usted, señor?

–Un agua mineral.

Nada más irse el camarero, Zach sonrió a Miranda.

–Déjame adivinar. La guinda irá con el color de tu traje.

–Exactamente –dijo Miranda–. Por no mencionar con el de las uñas.

No muchas mujeres podían llevar un traje de lana roja y un sombrero de ala ancha del mismo color, pero su tía sí. Impulsivamente, Zach se llevó la mano a los labios.

–Estás intentando distraerme.

–¿Y lo estoy consiguiendo?

Miranda suspiró.

–¿Has oído algo de lo que te he dicho?

–Estás intentando hacerme creer que la verdadera intención de mi padre era que dirigiera la revista *Metropolitan*. Pero no va a funcionar. Lo esencial es que te la dejó a ti en su testamento porque estaba seguro de que a mí no me la podía confiar.

Miranda McDaniels suspiró y sacudió la cabeza.

–Tú te pareces mucho a él, ¿sabes? Eres cabezota, dogmático... –dejó de hablar para seguir la dirección de la mirada de su sobrino–. Vaya, vaya. No me extraña que no me estés prestando ninguna atención a lo que estoy diciendo. Desde luego, es muy bonita.

–El camarero seguramente está de acuerdo contigo –dijo Zach–. No ha sido capaz de quitarle la mano de encima desde que se quitó el abrigo. Por supuesto, esa falda le tapa muy poco; es como si no llevara nada.

Miranda entrecerró los ojos.

–¿De qué estás hablando? La chica está totalmente vestida. En realidad, esa falda es demasiado larga para mi gusto.

–¿Pero es que no le ves las piernas? –preguntó Zach.

Las tenía mucho más largas de lo que se las había imaginado; en realidad no había dejado de pensar en esas piernas desde que la chica se había quitado el abrigo. A contraluz, la tela de la falda se clareaba completamente. La mujer no era demasiado alta, pero tenía las piernas largas. Había empezado a imaginarse esas piernas abrazándole la cintura, y no parecía capaz de dejar de pensar en ello. Se sentía exactamente igual a como se había sentido varias veces de jovencito, totalmente paralizado por una revolución hormonal.

–He oído que algunos hombres desnudan en las mujeres con la mirada, pero es la primera vez que soy testigo de ello –dijo Miranda.

Zach apartó la mirada de la mujer que estaba a la barra y vio que su tía se estaba riendo de él. Entonces, para sorpresa suya, se ruborizó. Era algo que no le ocurría desde la adolescencia.

–Si quieres –le dijo en voz baja–, puedo salir discretamente del local para que tú puedas ir a saludar a esa señorita.

–Una señorita no llevaría una falda como esa; ni

tampoco permitiría que un hombre la manoseara en un lugar público.

Miranda abrió los ojos como platos.

–Creo que es la primera vez que te oigo hablar de una mujer de un modo tan sentencioso. Empiezas a parecerte a tu hermano.

–¡Eh! –exclamó pero sonrió al mismo tiempo–. Eso me ha fastidiado.

–Tenía que decir algo fuerte. Con un sobrino remilgado como tu hermano tengo suficiente.

–Hablando de Jerry... ¿Qué piensa nuestro estimado congresista de tu idea de ponerme al mando de *Metropolitan*?

Zach estaba seguro de que a su hermano no le habría sentado demasiado bien que Miranda fuera a hacer precisamente lo que su hermano no había logrado hacer: entregar la parte publicitaria de su imperio a la oveja negra de la familia.

–Seguro que debió de darte la lata en la reunión del consejo de administración.

–Al contrario. No tenía elección alguna aparte de apoyar mi propuesta. De haber hecho alguna objeción, habría dado la impresión de querer dar a su hermano una puñalada por la espalda –Miranda sonrió–. Tienes que tener mucho cuidado de no hacer una cosa así cuando tu campaña electoral está basada en la reimplantación de los valores familiares.

–¿Y todos coincidieron en que yo les diera la noticia al personal editorial?

–Totalmente. Ahora es tu revista. Tú mandas.

Su revista. Repitió la frase en su pensamiento, y le gustó cómo sonaba. Dirigir *Metropolitan* había sido su sueño desde niño. Desgraciadamente, su padre no había soñado lo mismo para él. Jeremiah McDaniels padre había deseado que sus hijos se metieran en la política; siempre había querido que sus hijos regentaran puestos de poder. El hermano de Zach había seguido el plan trazado por su padre. Pero él no.

–Es imposible que Jerry esté contento.

Miranda se encogió de hombros y sonrió.

–Tampoco le gustó mucho cuando te licenciaste en Derecho en Harvard. Tu padre se sintió muy orgulloso de ti ese día.

–Un día en treinta años –Zach sacudió la cabeza–. Pero no se sintió lo suficientemente orgulloso de mí como para darme un empleo en *Metropolitan* después de acabar los estudios. Y desde luego no se sintió en absoluto orgulloso de mí cuando rechacé el puesto que me había reservado en un prestigioso bufete de abogados –aún recordaba la rabia de su padre–. La verdad, tía Miranda, no tienes pruebas suficientes para ganar este caso. Mi padre no me quería en *Metropolitan*.

–De acuerdo –alzó los brazos en señal de rendición–. Me doy por vencida. Me está bien empleado por intentar discutir con un hombre de leyes de Harvard. A partir de ahora, me limitaré a disfrutar de mi almuerzo con mi sobrino favorito.

Zach le tomó las manos.

–No quiero que pienses que no te estoy agradecido, tía Miranda. Sé que has tenido que luchar con el consejo por mí. No ha debido de gustarles que cambiara tanto de empleo desde que terminé la carrera.

–No tienes por qué darme las gracias. Lo que a algunos les puede parecer ir de un empleo a otro, a mí no me lo parece. Estoy segura de que mientras estuviste asesorando en todos esos periódicos de San Francisco, Chicago y Atlanta, fuiste ganando experiencia y haciendo contactos que te serán de mucha utilidad en *Metropolitan*.

Zach la miró y entrecerró los ojos.

–¿Qué te hace pensar eso?

–Te conozco desde que eras un niño. Incluso entonces te encantaba hacer planes; jamás dabas un paso sin sopesar todas las opciones. Estoy deseando escuchar lo que has planeado para la revista. Me temo que desde que tu padre se puso enfermo, la publicación ha ido cuesta abajo.

–Voy a hacer cambios; tanto en los objetivos, como en el público deseado.

Miranda levantó la cabeza y se echó a reír.

–¿Por qué no me sorprende?

Zach se inclinó hacia delante.

–Es lo que siempre he deseado hacer, pero papá no lo habría permitido jamás. Siempre pensó que el poder estaba en manos del gobierno. Pero el verdadero poder está en las ideas. Quiero hacer de *Metropolitan* un foro donde los escritores y pensadores de nuestro tiempo puedan plasmar sus ideas.

Miranda alzó su vaso de agua en señal de brindis.

–Entonces, a por ello. Y mira a ver si puedes llamar la atención del camarero. Deberíamos brindar por esto con las bebidas que le hemos pedido.

Zach miró hacia la barra y se quedó sorprendido. El camarero tenía otra vez la mano bajo la falda de la mujer.

–Mira eso. Alguien debería poner fin a esa barbaridad.

–Date la vuelta otra vez –dijo Daryl, colocando el último pedazo de celofán–. Ya está. Creo que con eso será suficiente.

Chelsea retrocedió un paso y miró a Ramón y a Daryl.

–¿Qué os parece?

–Tengo que seguir con mi soufflé –dijo Ramón.

–Creo que me estoy enamorando –dijo Daryl.

–No seas ridículo –Chelsea sonrió–. Tú no puedes.

–No es de ti, cariño. Es de esta tela. La verdad es que es única. Al principio parece negra, pero está tejida con un hilo que refleja la luz –frotó la tela entre los dedos.

Chelsea oyó que alguien aspiraba hondo. Levantó la vista y vio que Pierre, el maître, se llevaba la mano al pecho, como si le hubieran dado un golpe. Continuaba mirándola con expresión aturdida.

–Señorita, yo...

En ese mismo momento sintió que Daryl le levantaba de nuevo la falda. Bajó la cabeza y vio que había metido la cabeza debajo.

–¡Daryl! ¿Qué estás haciendo?

–Tengo que saber qué tela es esta –dijo Daryl con voz ahogada–. Debe de haber alguna etiqueta por algún sitio.

–Un enemigo por la derecha –anunció Ramón.

Chelsea levantó la vista y vio que Pierre seguía delante de ella. Detrás de él, un hombre avanzaba hacia ellos con cara de pocos amigos.

Rápidamente, Chelsea agarró el abrigo del taburete.

–Levántate, Daryl. No quiero que Ramón y tú os metáis en un lío.

Daryl sacó la cabeza de debajo de la falda e hizo un rápido balance de la situación.

–Creo que me quedaré aquí abajo. Es más difícil golpear a un hombre que ya está de rodillas.

Daryl tenía razón. El corpulento extraño tenía toda la pinta de querer golpear a alguien. Rápidamente intentó ponerse el abrigo.

–¿Estás loca? –dijo Daryl en voz baja–. No tapes la falda.

–¿Qué dices? –le preguntó Chelsea.

–Échale un vistazo a Pierre. Está claramente embrujado. Esperemos que funcione con el caballero que se acerca a rescatarte.

Daryl agarró el borde de la falda y empezó a moverlo de un lado a otro en dirección al desconocido.

–Deja eso –le susurró Chelsea.

Pero Daryl no le hizo caso.

–La señorita le ha dicho que deje de hacer eso –dijo el extraño en tono amenazador.

Capítulo Dos

Chelsea sintió el suave roce de la falda sobre sus piernas cuando Daryl la soltó, pero en realidad estaba atenta al hombre que había a tan solo unos metros de ella. Aunque era consciente de su belleza morena de facciones duras, lo que más le impresionaron fueron sus ojos. Los tenía de un azul tan intenso como el de los zafiros, y en ese momento la miraban con pasión. Bajo las elegantes líneas del traje de diseño, aquel hombre parecía listo para pelear.

Los demás hombres también percibieron esa actitud en el desconocido. Daryl, que seguía de rodillas, cambió de postura; Ramón salió de detrás de la barra y Pierre carraspeó.

–Señor...

–Venga aquí.

Chelsea avanzó un paso, respondiendo a la exigencia en la voz del desconocido antes de que le diera tiempo a asimilar sus palabras. Inmediatamente, empezó a desarrollarse una pesadilla ante sus ojos. Daryl se levantó de un solo movimiento y asumió una postura de ataque.

–Lárguese, hombre –dijo Ramón, balanceándose de un pie a otro, tal y como lo hacía cuando entrenaba en el ring de boxeo del gimnasio–. La señorita está con nosotros.

–Chicos –dijo Chelsea, pero ninguno de ellos la miró.

–No me gusta que manoseen a las mujeres en público –dijo el hombre–. La señorita se viene conmigo.

–Se equivoca –dijo Daryl, balanceándose hacia atrás sobre un pie.

Chelsea reconoció enseguida el movimiento. Había visto a Daryl practicarlo a menudo en el salón del apartamento. El caballeroso desconocido estaba a punto de que le metieran una patada en el pecho; a no ser que Ramón lo dejara fuera de combate primero.

–¡Basta! –gritó Chelsea, bien consciente de la testosterona que se mascaba en el ambiente, y seguidamente colocándose delante del desconocido–. Basta ya.

–Quítate de en medio, Chels –le advirtió Ramón.

–Esto solo nos llevará un momento –le aseguró Daryl.

Cuando ellos avanzaron como un solo hombre, Chelsea retrocedió un paso, con los brazos abiertos a los lados, y se topó con un cuerpo sólido. Se le ocurrió brevemente que tal vez se hubiera empeñado en defender a la persona equivocada.

–Ya lo tengo, Daryl –dijo Ramón, acercándose de un salto–. Tal vez pueda darle uno por encima de su cabeza.

Tremendamente furiosa, Chelsea se irguió y colocó las manos en jarras.

–¿Pero en qué estáis pensando? No podéis montar una escena. ¿Acaso queréis perder vuestros empleos?

Fue esa palabra, «empleos», la que les llamó la atención. Ramón dejó de balancearse de un lado a otro, y algo brilló en los ojos de Daryl. Pierre soltó una exclamación entrecortada y empezó a retorcerse las manos.

Chelsea decidió aprovechar el cambio.

–Ramón, tienes un soufflé esperándote en la cocina. Daryl, el bar está desatendido. Pierre, hay una fila de clientes esperando ser acomodados –aguantó la respiración un momento.

Daryl fue el primero en abandonar la postura de ataque.

–¿Estás segura de que estarás bien, cariño?

–¡Mucho mejor que si os hubierais enzarzado en una pelea!

Daryl le dirigió una mirada al desconocido, que seguía detrás de Chelsea. Inmediatamente, Ramón y Pierre siguieron su ejemplo.

Chelsea se pasó la lengua por los labios, que estaban resecos, casi como si tuviera fiebre. Habría retrocedido un paso, pero no estaba segura de que las piernas fueran a responderle.

–¿Daryl... es su amante?

Chelsea pestañeó.

–¿Daryl? No... Quiero decir... eso no es asunto suyo.

Él arqueó las cejas.

–He estado a punto de pelearme con él porque estaba metiéndole la cabeza y las manos por debajo de la falda. Creo que tengo derecho a sentir curiosidad.

Ella frunció el ceño.

–Estaba acortándola. La falda... Quiero decir, es mi... –buscó la palabra adecuada– modisto.

–Entiendo.

–Me parece que su amiga lo está esperando... en su mesa.

Él frunció los labios levemente y ella notó que la mirada se le iluminaba. En ese instante no le hizo pensar en zafiros, sino en el azul cristalino del mar en un día de verano.

–Me preguntaba cuándo me despediría como ha despedido a los demás. Parece que ha tenido experiencia en evitar peleas.

–Tengo tres hermanos –dijo–. Pero la verdad es que no he logrado que usted se marchara.

Él sonrió esa vez.

–Tal vez porque yo no tenga ninguna hermana que me intente dar órdenes. ¿Por qué no hacemos una cosa?

La agarró del brazo y levantó el abrigo, que se había caído al suelo.

–¿Qué está haciendo?

–Estoy dejando que me saque del bar.

Ella lo miró.

–No tiene por qué agarrarme. Puedo caminar sola.

Él la soltó inmediatamente y entonces la miró un momento. Sus ojos volvían a ser de un azul intenso y ya no sonreía.

–Quiero pedirle que coma conmigo.

–No puedo. Voy de camino a una cita. Si hace el favor de darme el abrigo.

Sin decir más, el hombre la ayudó a ponérselo. Chelsea se dijo que se sentía aliviada, no decepcionada. Entonces él la agarró del codo, conduciéndola a través de un grupo de hombres con traje que esperaban a que Pierre los sentara, hasta salir a la calle.

–Gracias –dijo, buscando un taxi con la mirada, pero como no vio ninguno, se volvió a mirar al extraño–. Gracias por...

A la luz del día, sus ojos le recordaron al azul del océano más profundo. Era fascinante, tentador.

–Al menos deme su número de teléfono.

Chelsea pestañeó.

–¿Mi número de teléfono?

–Me gustaría volver a verla.

Ella volvió a pestañear, como si hubiera caído de pronto en la cuenta. El hombre había estado a punto de meterse en una pelea por ella y después la había invitado a comer. Por último, le estaba pidiendo su número de teléfono. ¿Estaría de verdad funcionando la falda? Le sonrió de oreja a oreja.

–¡Es estupendo!

Él se metió la mano en el bolsillo y sacó un pequeño bloc y un bolígrafo.

–¿Cuál es su número?

–Ah, no quería decir... No puedo darle mi número de teléfono. Solo quería decir que es estupendo que me lo haya pedido.

Él entrecerró los ojos.

–¿Entonces por qué no puede dármelo?

–Por muchas razones –dijo, ahogando un suspiro

de alivio al ver que un taxi se detenía por fin junto a la acera–. Mis compañeros de piso y yo hicimos un pacto por el cual no salimos, para empezar. Y después está la falda.

–¿La falda?

–Es una larga historia, demasiado larga para contársela ahora. Además, no la creería. Yo no la creí hasta hace unos minutos –hizo una pausa y frunció el ceño–. Y tal vez sea mentira, pero debe reconocer que ahí dentro ha pasado algo. Lo cual quiere decir que tal vez lo mejor para los dos sea que no volvamos a vernos. Créame.

Con la habilidad de un neoyorquino, se colocó detrás del hombre que salía del taxi y se deslizó sobre el asiento en unos segundos.

Nada más arrancar el taxi, Chelsea volvió la cabeza y vio que el hombre apuntaba algo en su bloc de notas. ¿Tal vez la matrícula del taxi? ¿Intentaría localizarla así? Una gran emoción se apoderó de ella, y Chelsea se dijo que sin duda la falda estaba funcionando.

A las dos y media, Zach estaba sentado al escritorio del despacho que había sido de su padre, mirando por la ventana. Los cristales coloreados ofrecían una triste panorámica del Centro Rockefeller y de su famoso árbol de Navidad. Se oyó el sordo retumbar del trueno mientras una lluvia sucia y gris golpeaba los cristales.

Menos mal que no creía en profecías y esas cosas, porque en unas horas el día se había agriado tanto como las caras del personal del departamento editorial, que había abandonado la sala de conferencias hacía tan solo unos minutos. La reunión había durado menos de lo anticipado, y ni siquiera su tía Miranda se había mostrado entusiasmada con los detalles de los planes que había desvelado para *Metropolitan*.

La verdadera reunión estaba desarrollándose en ese momento. Al salir tras los demás empleados de la sala de conferencias, vio que habían conseguido arrinconar a su tía y llevarla a uno de los despachos cercanos; Zach supuso que para desahogarse.

Zach se metió las manos en los bolsillos de los pantalones y empezó a pasearse. ¿Cuáles habían sido sus expectativas, exactamente? Allí nadie lo conocía bien, con lo cual resultaba ridículo suponer que confiarían en él inmediatamente.

No. Zach se volvió hacia el escritorio con cara de poco amigos. Aquel ya no era el despacho de su padre. Era el suyo. ¿Cómo iba a esperar que sus empleados aceptaran ese hecho antes de hacerlo él?

Fue hacia la mesa y puso la mano sobre el respaldo del asiento de cuero. Entonces se fijó en el arbolito de cerámica que había en una esquina de la mesa. Había pensado en quitarlo, pues detestaba todo lo relacionado con la Navidad, pero después había recordado que su madre y él lo habían llevado a la oficina cuando era pequeño. Él tenía cinco años, y su madre le había dejado que se sentara sobre la mesa mientras esperaban a que llegara su padre.

Su mirada se fijó en el bolígrafo chapado en oro que aún tenía en la mano. Pasó el dedo por la inscripción grabada. Había sido un regalo a su padre del presidente de los Estados Unidos.

Él había estado utilizando el bolígrafo para pintar cuando su padre había entrado. Lo que mejor recordaba Zach no era el enfado de su padre, sino las lágrimas que el sermón de este habían provocado en su madre. Justo después se lo había llevado a patinar al Centro Rockefeller. Habían estado solos los dos, y ese era el último recuerdo que tenía de su madre.

Zach se apartó de la silla y fue hacia la ventana. Raramente se permitía a sí mismo pensar en su madre, y sin embargo era la segunda vez que lo hacía en el mismo día. Horas antes la había recordado cuando aquel taxi había arrancado con esa mujer dentro. Por un momento había recordado otro taxi, el que se había llevado a su madre al hospital aquel día aciago mientras él se había quedado mirando desde la acera, sin poder hacer nada.

Pero esa mañana no se había sentido desconsolado; y, además, había podido copiar el número de matrícula del taxi. Sacó el bloc del bolsillo y miró los números. Si contratase a un investigador privado, podría averiguar adónde la había llevado el taxista exactamente. Solo tenía que hacer una llamada telefónica. Si por ahí no podía localizarla, le diría al investigador que se acercara a su «modisto» y a su otro defensor con gorro de cocinero. De un modo u otro, podría volver a verla... si quisiera.

¿Pero qué le había ocurrido exactamente en el restaurante? Eso era precisamente lo que su tía le había preguntado nada más regresar a la mesa. Pero él no le había podido dar ninguna contestación. Ni siquiera él podía creer que había estado a punto de pelearse en un lugar público por una mujer a la que no había visto en su vida.

Raramente se dejaba llevar por sus impulsos. Él era una persona que se enorgullecía de pensarse mucho las cosas, de ponderar todo cuidadosamente. Pero en el restaurante había sentido un deseo irrefrenable de proteger a esa mujer. Momentos después había vuelto a actuar impulsivamente al pedirle que almorzara con él.

No sabía absolutamente nada de ella, solo que era distinta a las mujeres que normalmente lo atraían. Siempre había sido capaz de preveer sus movimientos, de saber lo que harían. Desde luego ninguna de las que había conocido se habría metido entre tres hombres que estaban a punto de pelearse.

Frunció el ceño aún más. Necesitaba alguien que la protegiera. Y ese era el tipo de mujer que siempre evitaba. Sin embargo, se le había antojado de lo más... irresistible.

Zach volvió junto a la mesa, miró el número de la

matrícula y frunció el ceño. Mentalmente, repasó las desventajas de ponerse en contacto con ella. Para empezar, no tenía tiempo para mantener ningún tipo de relación en ese momento, sobre todo cuando estaba a punto de alcanzar su sueño. Era su cuerpo el que le estaba poniendo en un aprieto, el que deseaba volver a verla.

Maldita sea, la deseaba. La había deseado desde el instante en que había bajado las escaleras del bar y le había echado un buen vistazo. Y ni siquiera sabía cómo se llamada... «aún». Frunció el ceño al darse cuenta de que había pensado «aún».

–Vaya, qué pensativo te encuentro.

Zach levantó la vista y vio a su tía mirándolo desde el otro lado del escritorio.

–He llamado, pero no me has contestado –dijo mientras lo miraba con detenimiento–. ¿Te encuentras bien?

Él cerró el bloc, sonrió y se lo guardó en el bolsillo otra vez.

–Yo debería preguntarte eso a ti. Es a ti a quien han atacado después de la reunión.

–Están disgustados –dijo–. A la gente le asustan los cambios.

–Y tú también estás disgustada, ¿verdad?

–¿Quién, yo? ¿Qué te ha hecho pensar eso?

–Durante la reunión parecías molesta.

Miranda le quitó importancia a sus palabras con un gesto de la mano.

–Era porque me dolían los pies –se arrellanó en el asiento y estiró las piernas–. Deberíamos haber tomado un taxi desde el restaurante. Estas botas, desde luego, no están hechas para caminar.

–Estás evitando contestarme con sinceridad. ¿Te han fastidiado los planes que he explicado para la revista?

Miranda arqueó las cejas perfectamente dibujadas.

–Primero me interroga el personal, y ahora tú.

–Contesta a mi pregunta.

–Y pensar que fui yo la que te animé a que te hicieras abogado.

Esa vez Zach no dijo nada. Simplemente esperó.

–Sigo diciendo que habrías sido mucho mejor abogado que tu hermano de haberte decidido a practicar la ley. Me habría encantado verte en una sala, delante de un tribunal.

–No te andes con rodeos, tía Miranda.

Ella suspiró.

–No me sentí molesta, simplemente sorprendida de que quieras hacer tantos cambios de una vez.

Zach entrecerró los ojos.

–¿No te parece mal que quiera cambiar la trayectoria de la revista e incluir otras ciudades aparte de Nueva York? Ese ha sido un gran problema para algunos de los editores en esta reunión.

Miranda sacudió la cabeza.

–En absoluto. Aumentará el número de suscripciones porque tendrá interés para un número mayor de lectores.

–¿Entonces qué es lo que te incomoda tanto? Preferiría que me lo dijeras de una vez. Mi idea de intentar atraer a un público más intelectual no me pareció que te sentara mal.

–Dios bendito, no. Yo prefiero una revista que me haga pensar. Era tu padre el que se habría opuesto.

Zach la estudió.

–Pero tú no.

–En absoluto. Te lo dije mientras comíamos. Hace dos años que hay problemas en *Metropolitan,* incluso antes de que tu padre enfermara. Creo que algunos cambios son esenciales, y si hay alguien que puede llevarlos a cabo eres tú.

–Pero...

–No hay peros. La verdad es que no. Solo me preocupa que Bill Anderson presente su dimisión. Tiene muy malas pulgas, y también mucha influencia sobre el resto del departamento.

–¿Cuántas personas lo seguirán?

Miranda se lo pensó un momento.

–Hal Davidson enviará su currículum y se asegurará una oferta de trabajo antes de marcharse. Y Carleton Bushnell está tan malhumorado la mayor parte del tiempo que es difícil saber lo que piensa.

Bill Anderson llevaba más de veinte años cubriendo la sección de deportes, mientras que la de Hal Davidson había sido la política. Prefería no tener que sustituirlos, pero si no le quedaba más remedio lo haría.

–¿Y qué hay de Esme Sinclair? –preguntó Zach.

Esme Sinclair era una mujer alta que vestía como un figurín y llevaba su cabello entrecano peinado siempre con un moño tirante como el de una bailarina. Esme siempre lo había intimidado, recordándole a las directoras que había encontrado en los colegios internos donde lo habían enviado de niño.

–Ella se quedará. Lleva en la revista casi desde el principio; creo que tu padre confiaba en ella bastante.

–Pero estoy pensando en eliminar la parte de moda y cotilleo.

–Ese es el tipo de cosas por las que a menudo abro una revista –dijo Miranda, e inmediatamente se llevó la mano a la boca–. ¡Lo siento! Olvida lo que he dicho. Me prometí a mí misma que no lo diría.

Zach la miró un momento.

–Eso era lo que no querías decirme antes, ¿verdad?

Miranda suspiró de nuevo.

–No pensaba decírtelo, no... Es que las mujeres leemos muchas revistas. Y Esme ha escrito un par de artículos últimamente que no solo han sido muy divertidos, sino que también han hecho aumentar las ventas en quioscos.

Zach entrecerró los ojos.

–Me sorprende que te parezcan bien. *¿Qué Hace de un Hombre un Macho?*

–¿Lo leíste?

–No. Y tampoco leí *Cómo Enganchar a un Macho.* El vender artículos llenos de insinuaciones sexuales no es lo que quiero para la revista. No sé lo que estaba pensando Esme; en realidad esperaba que tomara en cuenta la posibilidad de jubilarse.

–Esme ha dirigido la revista desde la enfermedad de tu padre. Solo bajo su dirección subieron un poco las ventas.

Zach frunció el ceño. Él no se había enterado de eso.

–Pensé que eras tú la que habías tomado el mando.

–¿Yo? –Miranda se llevó la mano al pecho–. Yo no he puesto un verdadero día de trabajo aquí en mi vida.

Zach sacudió la cabeza.

–Llevas en el consejo de administración de McDaniels desde que se fundó.

–Tan solo ocupando un puesto figurativo.

Zach sabía que no había sido solo eso. Pero también sabía que discutir con su tía solía ser una pérdida de tiempo.

–Supongo entonces que tus diversas organizaciones caritativas se dirigen solas.

–Las dirigen personas que yo misma he elegido para hacer el trabajo. De ese modo nunca tengo que hacer nada –Miranda se puso de pie, avanzó un paso hacia él e hizo una mueca.

–Jamás podré agradecerte lo suficiente el hecho de que hayas confiado en mí, tía Miranda –dijo Zach mientras daba la vuelta a su escritorio para darle un abrazo a su tía.

–Pues ya que quieres darme las gracias, espero verte en la fiesta de Navidad que voy a dar el sábado que viene –cuando él empezó a decir algo, Miranda le tomó ambas manos–. Sé que no te gusta celebrar la Navidad, pero me da la sensación de que a tu madre le gustaría que lo hicieras.

–Tía Miranda...

–He reservado dos asientos a mi mesa. Traete a alguien.

Zach arqueó las cejas.

–¿Qué es eso, una orden?

–Lo es. Sé de alguien que sería feliz acompañándote –dijo Miranda.

Zach levantó las manos.

–Iré a la fiesta, pero no me busques una acompañante. ¿Es que nunca vas a dejar de buscarme un alma gemela?

–Nunca.

–No existe.

–Es que aún no la has encontrado. Cuando la encuentres, no la dejarás escapar.

–Nada de citas, tía Miranda.

–De acuerdo –Miranda suspiró e hizo un mohín de desaprobación–. No traerás a ninguna acompañante, y después, cuando empiece el baile, estarás demasiado aburrido para quedarte.

Zach sonrió a su tía mientras le tomaba del brazo y la conducía hasta la puerta.

–Me aburriré desde que sirvan el primer aperitivo, y estaré catatónico cuando se lleven los platos del postre, pero estaré allí.

Cuando abrió la puerta se encontró a Esme Sinclair.

–Me gustaría que me concedieras unos minutos, si no interrumpo –dijo Esme.

–Solo estás interrumpiendo mi intento fallido de buscarle una cita a mi sobrino para mi fiesta de Navidad. Ya me iba.

Tras marcharse su tía, Zach invitó a Esme a pasar. Cerró la puerta y se sentaron al escritorio.

Esme fue a presionar el interruptor del árbol de Navidad de cerámica.

–Prefiero que no lo encienda –dijo Zach.

Ella lo miró y dejó caer la mano.

–Lo siento.

–¿Qué puedo hacer por usted, señorita Sinclair? –le preguntó Zach.

–Nada. Soy yo la que voy a hacer algo por ti. Sé que quieres eliminar inmediatamente lo que tú llamas las secciones de relleno de la revista, pero me temo que eso no va a ser posible, al menos durante los tres números siguientes.

Zach arqueó las cejas.

–¿Por qué no?

–Tengo en mi despacho a una joven que ha escrito dos estupendos artículos para nosotros recientemente. Los compré para intentar captar al público joven, y las cifras de ventas han subido notablemente. Esta mañana, antes de saber de tu nombramiento, la joven firmó un contrato para entregarnos tres artículos más. Su propuesta está aquí mismo, y también he incluido copias de sus anteriores artículos. Creo que todos pueden incluirse en la categoría de relleno –le pasó una carpeta y continuó hablando–. El departamento legal dice que lo más conveniente es que cumplamos el contrato.

–U ofrecerle un pacto de recompra –dijo Zach mientras abría la carpeta.

Reconoció el nombre enseguida. Chelsea Brockway era la escritora de la que había estado hablando con su tía; aquella cuyos artículos sobre los hombres estaban disparando la venta de ejemplares. Lo que menos le apetecía era publicar más trabajos suyos. Miró a Esme.

–¿Por qué no lo arreglas para que hable con ella?

–La llamé justo después de la reunión. Está fuera –dijo mientras avanzaba ya hacia la puerta.

Cuando Esme abrió la puerta y la mujer entró en su despacho, fueron las piernas lo primero que reconoció Zach. En el pasillo, con la luz dándole de espaldas, habría jurado que las tenía larguísimas.

Capítulo Tres

–Chelsea Brockway, te presento a Zach McDaniels, el nuevo editor jefe de *Metropolitan.*

Chelsea avanzó dos pasos, pero se detuvo en cuanto reconoció al hombre sentado al escritorio.

–Esto... –se volvió a mirar a Esme–. ¿Este es el señor McDaniels?

–En persona –Esme miró de uno a otro con curiosidad–. Os conocéis, según parece.

–No formalmente –dijo Chelsea–. Más o menos nos encontramos en un bar esta mañana.

–Vaya... –dijo Esme.

–Venía de camino hacia aquí para firmar el contrato cuando el... señor McDaniels interrumpió una conversación que estaba manteniendo con mis compañeros de piso. Era sobre... Bueno, supongo que ahora no tiene importancia, pero no sabíamos que volveríamos a encontrarnos. Ni siquiera intercambiamos nuestros nombres... ni nada más.

–¿Quiere sentarse? –Zach le señaló una de las sillas que había delante de su mesa.

Chelsea se acercó y se sentó cuidadosamente antes de mirarlo. Tenía los ojos tan intensos como recordaba. De nuevo se sintió muy consciente de su presencia, al igual que en el bar esa mañana.

Esme se aclaró la voz.

–¿Quiere que le hable a la señorita Brockway del problema que estábamos discutiendo?

Chelsea apartó la mirada de Zach.

–¿Problema?

–Yo se lo diré –dijo Zach–. Si nos permite un momento, señorita Sinclair.

–Esperaré fuera.

Después de salir Esme del despacho, ninguno de los dos habló durante unos momentos.

Chelsea le miró las manos distraídamente. Tenía los dedos largos y bien formados, y sin querer pensó en lo que había sentido cuando él la había agarrado del brazo esa mañana en el bar.

Apartó los ojos de las manos y lo miró a la cara. Él la miraba con el ceño fruncido.

–¿Qué? –preguntó ella.

–Según me han informado ha firmado un contrato con la señorita Sinclair para escribir tres artículos.

Ella lo miró con extrañeza.

–¿Acaso hay algún problema con el contrato?

–Cuando la señorita Sinclair lo pactó con usted, ella no sabía que yo iba a ser el editor jefe de la revista, ni tampoco que tenía intención de llevar a cabo algunos cambios drásticos. Lo que quiero proponerle a usted es que yo...

El intercomunicador que había sobre el escritorio sonó en ese momento, y Zach se inclinó hacia delante y presionó un botón.

–Señorita Parker, me gustaría que se asegurara de que no me...

Sus últimas palabras fueron ahogadas por una voz enfadada que irrumpió en la habitación.

–¡... ese idiota que quiero ver inmediatamente, y no me importa quién esté en su oficina! No importa, se lo diré yo mismo.

La puerta se abrió, y un hombre alto con el pelo canoso entró en el despacho y lanzó una carta en dirección a Zach.

–Esta es mi dimisión –dijo el hombre, con la cara cada vez más colorada–. Estoy seguro de que es lo que querías.

–Siento que te veas en la necesidad de renunciar –dijo Zach.

–¿Lo sientes? Oh, vas a sentirlo mucho más cuando recibas el resto de las cartas de dimisión en el correo. Pero quería hacer algo más que dejarte una carta; quería decirte unas cuantas cosas a la cara.

–Adelante –dijo Zach sin levantar la voz–. A lo mejor quieres contarme por qué sientes la necesidad de abandonar la revista.

–¿Por qué? Sabes muy bien por qué. No intentes negarlo. He cubierto los equipos deportivos de Nueva York durante veinte años, y en esa reunión has dejado muy claro que no vas necesitar más de mi experiencia –soltó una risotada–. Ni de la de nadie más.

–Yo no he dicho eso en ningún momento.

–No tan explícitamente. ¿Pero qué es lo que tengo que hacer exactamente cuando empieces a poner de relieve otras ciudades? ¿Sentarme a pasar el rato? –hizo una pausa y un gesto con la mano–. Pero esa no es la verdadera razón por la que me marcho. ¿Quieres saber cuál es?

–Sí –contestó Zach.

–Porque dirigir esta revista es solo un juego para ti. Cuando tu gran plan funcione, cerrarás el negocio y pasarás a otra cosa. Se lo dije a tu tía, pero ella no ha querido escucharme.

–De ahora en adelante, preferiría que te quejaras directamente conmigo. Deja a mi tía al margen.

El hombre alzó la barbilla.

–De acuerdo. Te diré sencillamente lo que le dije a ella. Si tu padre hubiera querido que dirigieras su revista, te la habría dejado directamente. Le dije que era una idiota por cedértela a ti.

Zach rodeó su mesa.

–No me gusta que nadie llame idiota a mi tía.

–Yo digo lo que veo.

Chelsea saltó de su silla y se colocó delante del hombre en el preciso momento en el que él estaba a punto de avanzar.

–No debería hacer nada.

–Qué demonios... –el hombre se detuvo y la miró–. ¿Quién es usted?

–Chelsea Brockway –le tendió la mano.

Frunció el ceño y la miró un momento con detenimiento. Finalmente le dio la mano.

–¿Y usted es... ? –preguntó ella.

–Bill Anderson. Ex editor de deportes –entrecerró los ojos–. Brockway. Usted escribió ese artículo, *¿Qué Hace de un Hombre un... ?* ¿Qué era?

–Un *macho* –dijo Chelsea mientras intentaba retirar la mano, pero Bill no se la soltaba.

–Eso es. Mi esposa y mi hija lo leyeron –por primera vez desde que había irrumpido en la habitación, Bill Anderson pareció relajarse un poco–. Tuvieron que explicarme un poco de qué iba...

–¿Les gustó el artículo? –preguntó Chelsea.

Bill asintió.

–Me aconsejaron que lo leyera y siguiera algunos de los consejos –entonces volvió la cabeza para mirar a Zach–. Estás perdiendo el tiempo, McDaniels. Vas a llevar a esta revista al fracaso. Si quiere, señorita, podría recomendarla para otras publicaciones.

Ella sonrió.

–Gracias, pero acabo de firmar un contrato para escribir tres artículos más; y ya sabe lo que dicen, que es mejor pájaro en mano... –cuando Bill no pilló la indirecta, Chelsea continuó–. Hablando de manos...

–Mire, voy a Flannery's a reunirme para tomar una copa con el resto del departamento. ¿Le gustaría venir con nosotros?

–Claro. Me encantaría.

Chelsea sintió que Zach se ponía tenso.

–Señor Anderson, estaré encantada de unirme a usted y al resto del personal en cuanto pueda –con la mano libre agarró el sobre que había sobre la mesa–. Mientras tanto, creo que debería tomarse un tiempo para reconsiderar su dimisión. Háblelo con su esposa y su hija. Sabe, nunca debería uno tomar una importante decisión profesional cuando está enfadado.

Cuando Bill finalmente le soltó la mano para aceptar la carta, Chelsea ahogó un suspiro de alivio.

Miró el sobre y después a ella.

–¿Cree que debería considerar la posibilidad de quedarme aquí?

–Definitivamente.

–¿Cree que este plan para la revista funcionará?

–Tengo toda la confianza del mundo en ello –dijo sin vacilación.

–De acuerdo –asintió–. Me lo pensaré.

–Y háblelo con su esposa –repitió ella.

Él asintió de nuevo y se volvió hacia la puerta. Antes de salir, se volvió a mirarla.

–¿Vendrá a Flannery's?

–Claro –contestó ella.

Zach contó hasta diez mientras observaba al fastidioso de Bill Anderson desapareciendo por la puerta de su despacho. Si el hombre hubiera seguido agarrándole la mano a Chelsea Brockway durante unos segundos más, no estaba seguro de haber podido aguantarse. Al igual que había pasado esa mañana en el restaurante, cuando el camarero le había metido la cabeza por debajo de la falda.

No podían ser celos lo que sentía, ¿o sí? Se había dicho que ella no era su tipo. Y corroboró esa opinión mientras volvía a estudiarla. Estaba allí delante de su escritorio, con la cabeza vuelta hacia la puerta. Carecía de elegancia y sofisticación, cualidades que siempre le parecían tan atractivas en una mujer. Parecía que se hubiera peinado el cabello corto y rubio con los dedos; tenía la tez más pálida de lo que recordaba del restaurante, y las pecas que moteaban sus pómulos le dieron a entender que no llevaba maquillaje.

Y en cuanto a la ropa... La miró de arriba abajo, pero no le pareció nada estilosa. Lo más que podía destacar era que el suéter verde entonaba con el color de sus ojos. Y luego estaba esa falda. Notó que de lado le quedaba bastante bien. La prenda se ceñía a sus caderas y se le ajustaba suavemente a los muslos, y Zach se preguntó si llevaría o no algo debajo.

¿Qué habría visto exactamente ese tipo a quien ella había llamado su «modisto» cuando había metido la cabeza debajo de su falda?

Solo de pensar en ello sintió una extraña rabia por dentro, que en ese momento reconoció como celos. No le gustaba que otro hombre la tocara por la sencilla razón de que quería ser él quien lo hiciera.

Chelsea se aclaró la voz.

–Dijo algo de un problema. ¿Cuál es?

–Usted –dijo Zach sin pensar.

–¿Yo? ¿Qué he hecho yo?

No podía decirle que por su culpa había sentido celos, ni que sentía ganas de tocarla; de tocarla de verdad. Zach se metió las manos en los bolsillos y se sentó en el borde de la mesa. Ya era hora de resolver el problema de Chelsea Brockway de una vez por todas.

–¿Por qué no se sienta?

Ella siguió su consejo. Al sentarse colocó las manos sobre el regazo, justo donde el borde de la falda daba paso a la piel suave y blanca de sus muslos.

–¿Tiene inquietudes acerca de la falda?

Zach miró el artículo en cuestión, que se le subió un poco cuando ella se movió hacia delante. De repente notó que tenía la garganta seca.

–Se podría decir algo así.

–Créame, yo tenía las mismas inquietudes. ¿Una falda que atrae a los hombres? Ninguna de nosotras creyó de verdad lo que mi amiga decía de la falda en la facultad. Según ella es una especie de imán para atraer a los hombres. Pero se me ocurrió que sería una idea estupenda para un artículo. Entonces la señorita Sinclair me ofreció un contrato para escribir tres artículos. Eso es mucho. Justo antes de que usted nos interrumpiera en el bar estaba pensando qué pasaría si no funcionara. Entonces Pierre me invitó a comer y luego usted me pidió mi número de teléfono. ¿Qué más pruebas podía pedir?

Zach la miró a la cara con el ceño fruncido. El mirarle las piernas no le iba a dejar seguir en absoluto la conversación.

–Lo siento. ¿Pruebas de qué?

–Prueba de que la falda funciona –dijo Chelsea mientras le sonreía de oreja a oreja–. ¿Suele pedirle a mujeres que acaba de conocer en un bar su número de teléfono?

Zach entrecerró los ojos.

–Creo que lo he hecho alguna vez.

Chelsea alzó una mano.

–De acuerdo. Tal vez no sea un buen ejemplo. Deje que se lo pregunte de otra manera. ¿Alguna vez ha estado a punto de enzarzarse en una pelea en un bar por una mujer que no era su acompañante, por una mujer que no conocía de nada?

–No. Nunca.

–Eso es –se recostó en el respaldo del asiento–. Esta falda tiene sin duda algo especial. Ahora que lo sé, estoy segura de que podré escribir tres artículos sobre mis aventuras con la falda puesta y sobre los problemas de estar soltera en Manhattan.

–A ver si me entero. ¿Está diciendo que va a escribir sobre una falda que atrae a los hombres?

–Exactamente.

–Es lo más ridículo que he oído en mi vida. ¿Por qué iba nadie a querer leerlos?

–Porque la gente se siente sola, especialmente la gente soltera, y están buscando relacionarse.

–Yo estoy soltero y no estoy buscando una relación.

Chelsea hizo un gesto con la mano.

–Ni yo tampoco. Pero la mayor parte de la gente sí. En una gran ciudad como Manhattan es duro relacionarse.

–¿Y cree que si escribe sobre una «falda» la cosa cambiará?

–Puedo darle esperanzas a la gente.

–Eso es ridículo. Su falda es de lo más corriente.

–¿Entonces por qué no puede apartar la mirada de ella?

En eso tenía razón. Rápidamente, apartó la mirada de la prenda y la miró directamente a los ojos.

–Su prueba no es en absoluto concluyente. Podría decir que la estoy mirando a usted, no a la falda. Y no estuve a punto de pelearme solo porque llevara puesta esta falda en particular. Estuve a punto de hacerlo porque su «modisto», Daryl, metió la cabeza debajo.

Chelsea levantó el dobladillo y lo palpó entre los dedos.

–Daryl se quedó fascinado con la tela. Él diseña prendas de ropa, y dice que jamás había visto nada igual en su vida. Venga, tóquela –levantó el dobladillo y esperó a que él lo agarrara.

Nada más hacerlo, a Zach le llegó el aroma de su cuerpo, delicado, exótico... Le hizo pensar en una isla de arenas finas y blancas extendiéndose ilimitadamente bajo la luz de la luna.

–La tela de esta falda está tejida con la fibra de una planta especial. Supuestamente, el hecho de que la planta haya sido «besada» por la luz de la luna hace que tenga un potente efecto en los hombres.

Zach soltó el dobladillo de la falda y el aroma pareció hacerse más débil. Miró a Chelsea a la cara.

–¿De qué demonios está hablando? ¿Está diciendo que la falda tiene poderes mágicos?

–Magia no. No iría tan lejos –Chelsea empezó a darle vueltas al anillo que llevaba al dedo–. Pero debe admitir que tiene cierto efecto sobre los hombres. Ni soy el tipo de mujer a la que Pierre le ofrecería una mesa incluso con el restaurante lleno, ni la mujer a la que usted le pediría el número de teléfono. Sé que mi número de teléfono no es importante o... –hizo un gesto con la mano y el anillo se le resbaló y rodó bajo el escritorio.

Zach se puso de rodillas al mismo tiempo que ella. Cuando Chelsea fue a agarrar el anillo, él puso su mano sobre la de ella.

–Lo siento. Cuando me pongo nerviosa empiezo a balbucear. Solo dígame que me calle.

–Cállese –dijo Zach mientras le miraba los labios, apenas a un par de centímetros de distancia de los suyos, que percibió ligeramente separados y húmedos. Solo tenía que acercarse un poco y saboreárselos. En su pensamiento sonó un timbre de alarma. Él no era un hombre impulsivo, pero desde que la había visto en el bar...

Chelsea solo fue consciente de la presión de aquellos labios ávidos sobre su boca, y pensó que debería haberse retirado nada más notar el roce de esos labios. Siempre acababa una pagando un precio por comportarse alocadamente, y en esa ocasión estaba segura de que el precio sería alto. Mientras él la besaba con más ardor, Chelsea no dejaba de darle vueltas a la cabeza. Pero qué sabor tenía aquella boca. Así debía de haber sabido el fruto prohibido del Jardín del Edén. Un mar de sensaciones la asaltó, y Chelsea estuvo segura de que se ahogaría en ellas.

Cuando él le deslizó los dedos entre los cabellos, ella le colocó las manos sobre los hombros; pero no para apartarlo, sino para agarrarse a él con más fuerza. Entonces él empezó a mordisquearle suavemente el labio inferior, y un latigazo de placer tan inmenso arrolló sus sentidos que Chelsea se echó a temblar. Cuando sintió que él se ponía tenso y empezaba a retirarse, ella le hundió con más fuerza los dedos en los hombros para urgirle a que se pegara más a ella.

Los fuertes golpes a la puerta penetraron en la consciencia de Zach segundos antes de oír carraspear a una mujer. Bajó las manos, se apartó de Chelsea y la ayudó a levantarse. Entonces se dio la vuelta y vio a Esme Sinclair a la puerta de su despacho.

–Siento interrumpir. Solo quería saber si se ha resuelto el problema del que hablamos.

Zach se sintió igual que si hubiera tenido cinco años y lo hubiera sorprendido haciendo algo indebido en el despacho de su padre. Disimuló su vergüenza y se puso de pie.

–Todavía no –consiguió decir.

No solo no lo había resuelto, sino que el problema se había agravado.

–Pase. Creo que será mejor que esté aquí mientras intento explicarle mi postura a la señorita Brockway –Zach abrió la carpeta que Esme le había entregado antes, y decidió centrarse en los hechos–. Estos artículos sobre... esa falda, no encajarán con la nueva dirección que quiero darle a la revista.

–¿Por qué no?

Levantó la vista y vio que Chelsea lo miraba con el ceño fruncido.

–Como le he explicado a mis empleados esta tarde, voy a cortar todo lo que sean secciones de moda o corazón. A partir de ahora *Metropolitan* va a ampliar su oferta cultura e intelectual para intentar aumentar el número de sus lectores –le echó una mirada al informe–. Artículos sobre «machos» y «faldas que atraen a los hombres» no tienen nada que ver con mis objetivos.

–Bueno, pues deberían. Mis dos primeros artículos han conseguido vender muchas copias de su revista.

–De acuerdo. Es cierto que sus artículos han captado nuevos lectores, pero por otra parte estos no son los lectores que yo deseo para la revista. En realidad, si continúo publicando sus artículos, lo más probable es que ahuyente al público que de verdad me interesa.

–Pero su empeño de incluir solo artículos dirigidos a un público intelectual va a ahuyentar a las personas que leen mis artículos. Y la verdad es que gracias a ellos la revista se ha vendido más. La señorita Sinclair me informó de que las ventas en quioscos aumentaron en un treinta por ciento desde mi primer artículo.

Zach entrecerró los ojos. No había esperado que

ella le saliera con un argumento, y menos con uno bueno. Por esa razón, decidió cambiar de táctica.

–Estoy dispuesto a hacerle una oferta muy generosa para comprarle el contrato.

Chelsea se cruzó de brazos.

–No acepto.

Él arqueó las cejas.

–Aún no la ha oído.

–No quiero el dinero. Lo que quiero, lo que necesito, es divulgación. Quiero que los lectores empiecen a conocer mi nombre. Esa es la ventaja que yo deseo, y eso no me lo puede dar con ningún cheque.

–Puede llevarse el dinero y venderle los artículos a otra revista. Que se los publiquen en otro sitio.

–Eso no es seguro. A la señorita Sinclair le gustó mi manera de escribir y se mostró dispuesta a arriesgarse con el tema de la falda. Tal vez no dé con otro editor que esté dispuesto a correr ese riesgo –lo señaló–. Usted desde luego no lo está.

Zach se sentó en el borde de la mesa y empezó a divertirse. En sus años de facultad siempre le había gustado argumentar. Chelsea Brockway era una oponente de lo más hábil.

–Mire, lo esencial es que no voy a publicar sus artículos. ¿Quiere poner las cosas más difíciles?

Ella se acercó a él, plantó las palmas de las manos sobre la mesa y se inclinó hacia delante.

–Quiero que se cumpla lo acordado. Firmé ese contrato de buena fe.

–Podré encontrar alguna laguna jurídica en él.

Ella lo miró enfadada por un momento, pero enseguida consiguió controlarse.

–Ninguno de los dos deseamos que yo lo lleve a juicio.

Él asintió.

–Correcto. Nombre una cifra justa y le extenderé un cheque.

–Espere –Chelsea levantó la mano–. Su postura es que los artículos son basura, que la falda no tiene ningún efecto sobre los hombres. En palabras suyas, la idea es ridícula. De ese modo, no tienen el tinte intelectual o cultural para ser incluidos en su revista, ¿no?

Zach la estudió un momento, y después asintió.

–Es un modo de verlo.

Ella se inclinó de nuevo hacia delante y Zach percibió otra vez aquel aroma exótico.

–¿Ha jugado alguna vez, señor McDaniels?

–Claro.

–¿Y si hacemos una apuesta? Si puedo convencerlo de que la falda funciona, imprimirá el primer artículo. Si no puedo convencerlo, podrá romper el contrato. No le pediré un centavo.

Cuando Esme carraspeó, ambos pegaron un respingo y se dieron la vuelta. Zach había olvidado totalmente que hubiera nadie más en el despacho.

–Solo quería decirle que su primer artículo debe estar en mi mesa mañana. Tendrá que darse mucha prisa en convencerlo.

Chelsea se volvió hacia Zach.

–No hay problema. Puede seguirme a Flannery's y ver lo que pasa. ¿Trato hecho?

Nunca debía uno apostar cuando le daba la impresión de que iba a perder. Era una de las muchas lecciones que Zach había aprendido en el internado. Pero sin quererlo él le estrechó la mano a Chelsea.

–Trato hecho.

Capítulo Cuatro

–Me gustaría saber cómo convenciste a Bill Anderson para que no presentara su dimisión.

Chelsea miró al hombre esbelto de cabellos rubios que estaba sentado frente a ella a la mesa del bar. Hal Davidson escribía una columna sobre política en *Metropolitan*. Tenía las facciones delicadas y una sonrisa estudiada que probablemente le abriría muchas puertas en su trabajo.

Ella le devolvió la sonrisa.

–Lo único que hice fue decirle que meditara bien una decisión tan importante.

Hal sacudió la cabeza.

–Bien, pues debes de ser muy persuasiva. Antes de entrar en el despacho de McDaniels tenía a todos dispuestos a dimitir. Cuando salió había cambiado completamente de actitud.

–Pareces decepcionado.

Hal sacudió la cabeza.

–No. Meramente sorprendido.

Chelsea miró hacia donde Bill Anderson estaba sentado. En el poco tiempo que había pasado desde que había llegado a Flannery's, se había dado cuenta ya de la influencia que tenía el editor de deportes sobre el resto del personal. Nada más entrar en el local de paredes de cerezo y barra de roble, Bill la había visto y había agitado el brazo para presentársela a todo el mundo como la protegida de Esme y la autora de los artículos sobre los machos. En ese momento la habían sentado entre uno de los fotógrafos llamado Chuck y el editor de la sección de entretenimiento, un hombre de aspecto imponente de unos sesenta años de edad llamado Carleton Bushnell.

La discusión se centró principalmente en el nuevo jefe, y Chelsea pensó que había dos cosas muy claras. Aquellas personas habían sido muy leales a su padre, incluso cuando la revista había empezado a perder lectores, y no confiaban en Zach. Bill Anderson y Hal Davidson eran sus críticos más acérrimos. Las razones variaban desde que era demasiado joven, al hecho de que a sus treinta años aún no se había centrado en una profesión. Primero había ido a la facultad de Derecho, y después, en lugar de ejercer la abogacía, se había dedicado a ir por todo el país, escribiendo por su cuenta para diversos periódicos y revistas.

Chelsea dejó que la conversación fluyera alrededor suyo. Cada vez que se abría la pesada puerta de cristal y madera del local, ella miraba; pero hasta ese momento, Zach McDaniels no había aparecido. Aunque en realidad, hasta el momento, no se había perdido nada. Hasta ese momento la falda no había operado ninguna atracción espectacular sobre ningún hombre. Claro que era un poco difícil que funcionara, allí tapada por la mesa y los empleados de *Metropolitan* que la rodeaban.

–Bill dijo que tienes una confianza ciega en McDaniels.

Nada más darse cuenta de que Hal Davidson estaba hablándole a ella, apartó los ojos de la puerta y los fijó en él.

–Me da la impresión de que hace tiempo que lo conoces.

–Bueno –Chelsea hizo una pausa cuando se dio cuenta de que todos la miraban–. No hace tanto tiempo. Pero parece que sea un hombre que sabe conseguir lo que quiere.

–Sí, pero lo que quiere podría muy bien hundir su revista –señaló Hal.

–Si creéis que está equivocado, ¿por qué no se lo decís? –preguntó Chelsea.

Hal levantó su vaso.
–¿Vas a escribir algún artículo más?
–Tres más, espero.
Hal la miró sorprendido.
–No en la misma línea que el último, supongo.
–En realidad, estoy escribiendo sobre mis aventuras cuando me pongo una falda que me dio una de mis compañeras de facultad –hizo una pausa y bajó la voz–. Supuestamente atrae a los hombres.
–Estás de broma –dijo Carleton Bushnell, volviéndose hacia ella–. No pensarás en serio que una prenda de ropa posea poderes especiales.
–¿Quién sabe? –dijo Chelsea–. ¿No tenéis vosotros algo que creáis que os da buena suerte? ¿Como por ejemplo una corbata especial que os guste llevar a las entrevistas?
Carleton entrecerró los ojos, y Chelsea se dio cuenta de que de nuevo todos los hombres a la mesa la estaban mirando.
–Yo tengo un sombrero especial que siempre me pongo para ir a pescar –dijo por fin Bill Anderson.
–Ya lo veis –miró a su alrededor, decidida a aprovechar la ventaja–. Pensad en vuestras novias o esposas. ¿No tienen algo que se pongan que os guste mucho, algo que más o menos os dé una señal?
Carleton Bushnell se echó a reír.
–Bueno, si el joven McDaniels va a publicar un artículo así, tal vez el cambio que pretende hacer en la revista no sea tan drástico como nos ha explicado esta mañana.
–Bueno, yo... –empezó a decir Chelsea, con la intención de decirles que aún estaba tratando de convencer a Zach de que le publicara los artículos, pero Carleton Bushnell se había vuelto hacia Bill Anderson.
–Creo que has hecho bien guardándote de momento esa carta de dimisión. Tal vez debamos decirle al tipo lo que pensamos y después bajarle un poco los humos. Todos sabemos que hay que hacer algu-

nos cambios. Hace tiempo que la revista está perdiendo suscriptores; desde que enfermó el viejo. Tal vez haga falta una nueva dirección.

–¿Si, pero qué dirección? Esa es la cuestión –dijo Bill.

–No van a aumentar las ventas por convertir a *Metropolitan* en una revista literaria –señaló Hal.

–Bueno, esta joven no está escribiendo literatura, pero el joven McDaniels está comprándole sus artículos –Carleton le guiñó un ojo a Chelsea–. ¿Tienes algún consejo para alguien de mi edad?

Bill soltó una risotada.

Como era lo bastante mayor para ser su padre, Chelsea le guiñó a su vez el ojo a Carleton. Era su oportunidad para levantarse del asiento.

–Invítame a bailar y compartiré contigo unos cuantos secretos.

–¡Caramba! –exclamó el fotógrafo–. Es un hombre peligroso, señorita Brockway. Estaría más segura bailando conmigo.

–¿Segura? –Carleton se echó a reír–. La señorita no desea estar segura. O eres un «macho» o no lo eres –dijo mientras se levantaba del asiento al tiempo que lo hacía Chelsea.

Acababan de empezar a bailar en la pequeña pista cuadrada de parqué del local, cuando sintió una ráfaga de viento frío al abrirse de nuevo la puerta. Chelsea supo instantáneamente que Zach había entrado en el bar. Sintió la presión de su mirada en la nuca, y se le formó un nudo en el estómago y las piernas le temblaron.

Aspiró hondo y consiguió no tambalearse delante de Carleton. Al darle él la vuelta, vio primero a Esme y enseguida su mirada se encontró con la de Zach. Por un momento, cada sensación que había experimentado cuando él la había besado volvió con fuerza.

Carleton le dio otra vuelta y casi perdió pie.

–Lo siento –dijo, alzando los ojos para mirarlo.

–Algunos hombres son los que siempre tienen suerte.

–¿Cómo?

–No soy tan viejo como para no darme cuenta de que la mujer con la que estoy bailando está mirando a otro.

–Si te refieres... No es lo que estás pensando –cometió el error de volver a mirar a Zach, que en ese momento la miraba con cara de poco amigos–. Yo no... nosotros no...

Carleton le sonrió.

–Asegúrate de decirle eso cuando venga a meterme un puñetazo en la nariz.

–Tal vez debería ir a empolvarme la nariz.

–Te lo agradezco. Y mi nariz también.

Desgraciadamente, los servicios estaban al final de un pasillo cerca de la entrada del bar; y aunque avanzó mirando al suelo, Chelsea sintió que Zach la miraba fijamente. Incluso imaginó la presión de su mirada mientras la recorría de arriba abajo. Qué ridiculez. Sin embargo, aun cuando dobló un recodo del pasillo, el cosquilleo seguía ahí. Avanzó apresuradamente los últimos metros y agarró el pomo de la puerta del servicio.

–Eh, señorita –un par de manos grandes le agarraron de los brazos a sus espaldas, levantándola del suelo y dejándola seguidamente en el pasillo–. No creo que quiera entrar ahí.

Chelsea levantó la vista y vio la figura de un monigote en la placa que había sobre la puerta. Entonces se volvió a mirar al que la había salvado de entrar en el servicio de caballeros. Era uno de los hombres más gigantescos que había visto en su vida.

–Gracias –consiguió decir.

–No tiene por qué dármelasss... –respondió el hombre, arrastrando ligeramente las palabras–. Discúlpeme –se dio unas palmadas en el estómago con una de sus enormes manos.

Chelsea lo reconoció como uno de los hombres

de acento texano que había visto bebiendo a la barra.

–Gracias de todas las maneras.

–No hay problema. ¿Pero no se olvida de algo? –avanzó hacia ella medio tambaleándose y Chelsea retrocedió instintivamente.

Tenía la cara colorada, y Chelsea vio que era tan enorme que le dio la impresión de que podría tragársela de un bocado.

–¿Cómo?

Al hombre le entró hipo.

–En Texas, un favor merece otro. Incluso los yanquis deberíais saberlo.

–Claro.

Chelsea intentó abrirse camino junto a él. El hombre parecía inofensivo, pero su anchura le impidió pasar.

–¿Qué le parece... un baile?

–Me encantaría, pero tengo que ir al servicio de señoras. Debe de ser la puerta siguiente.

Él sonrió al tiempo que se pegaba a la pared y le hacía un gesto para invitarla a pasar delante de él.

–Ve para allá, cariño. Te estaré esperando para que bailes conmigo.

Ella pasó delante del hombre a toda velocidad y entró en el servicio de señoras.

–Te va a encantar el baile texano, damita...

Cerró la puerta y se apoyó un momento sobre ella. Ya se preocuparía más tarde del texano. En ese momento tenía que pensar qué hacer con Zach McDaniels.

Se apartó de la puerta para mirarse al espejo.

–Concéntrate –le dijo a su reflejo.

Tenía que demostrarle a Zach que la falda funcionaba. Se imaginó bailando con el texano. ¿Bastaría con eso? Entonces se imaginó sentada a la barra en uno de esos taburetes forrados de terciopelo burdeos con las piernas cruzadas, rodeada de hombres riéndose de algún comentario suyo.

Eso sería mucho mejor.

En ese momento se miró la boca y el recuerdo del beso de Zach irrumpió en su memoria. Nada la había conmovido tan intensamente que aquel beso. Y había ocurrido tan rápidamente. Se había acercado a ella y... ¡Zas! Ella, por supuesto, le había respondido de inmediato y tan apasionadamente... Nada ni nadie le había hecho reaccionar así en la vida.

Chelsea se miró la cara. Seguía siendo la misma de antes. Pero tenía que haber una explicación. Entonces miró la falda.

Se llevó la mano al estómago para intentar calmar la sensación de pánico. Tenía que controlarse.

En realidad, no creía en el poder de la falda... ¿O sí? Si se daba prisa, podría ganar la apuesta con Zach, escribir los artículos y después no volver a ponérsela. Se la pasaría a Kate o a Gwen.

–¿Te has dado por vencida con la apuesta?

Asustada, Chelsea levantó la vista y vio a Esme Sinclair a sus espaldas, cerrando la puerta del servicio.

–No –dijo, y sonrió a la mujer.

–Zach me envió para ver si estabas bien –Esme se acercó al tocador y sacó un lápiz de labios de su bolso–. Creo que hiciste mal en el despacho.

Chelsea miró a Esme a través del espejo y se puso colorada.

–Si te refieres a... yo no. Quiero decir... el beso... no fue lo que piensas.

La mujer arqueó sus cejas perfectamente depiladas.

–En realidad, me refería a cómo le convenciste para que te permitiera demostrarle el efecto de la falda. Habría sido más inteligente aceptar su oferta. Creo que habría sido muy generoso.

–No estaba pensando en el dinero.

–No. Pero tal vez deberías –Esme se aplicó un poco de carmín y guardó la barra de nuevo en el bolso.

Chelsea se alisó la falda con el ceño fruncido.

–Seguramente tengas razón. Ahora estoy agobiada, intentando averiguar un modo para que esta falda funcione.

–Te diré una cosa. Haré un par de llamadas mañana y veré si hay alguien interesado en tus artículos.

Chelsea se volvió hacia la mujer.

–Has hecho ya tanto por mí. ¿Cómo puedo agradecértelo?

–No tienes por qué. Sé lo que es convertirse en una víctima de guerra en el negocio editorial.

–Gracias –Chelsea esbozó una amplia sonrisa–. Me has dado el coraje para salir ahí y aprender el baile texano.

Zach tomó el vaso que le pasó el camarero y dejó un billete sobre la barra del bar. Dio un buen trago de cerveza y le echó una mirada al enorme texano que estaba sentado a una mesa cercana. Era el mismo hombre que había seguido a Chelsea por el pasillo, y desde que había vuelto no había dejado de presumir en voz alta delante de sus amigos que esa potranca de ojos verdes le había prometido un baile. Zach no dudó ni por un momento que el hombre se estuviera refiriendo a otra que no fuera Chelsea.

¿Qué iba a hacer? ¿Pensar algún modo de detenerla?

Frunció el ceño y dio otro trago de cerveza. Era evidente que estaba lista a hacer lo que fuera para demostrarle que esa falda suya atraía a los hombres. Se preguntó con cuántos más habría estado en la pista antes de entrar él y sorprenderla con Carleton Bushnell.

Si apostar con ella había sido un error, besarla mucho más. No era su sabor lo que no podía quitarse de la cabeza, sino las sensaciones que había experimentado al besarla. Había sentido algo especial... algo familiar e imprevisible que le resultaba de lo más fascinante.

Deseaba volver a besarla. Más que eso, deseaba levantarla en brazos y llevársela a una playa iluminada por la luz de la luna, donde se tumbaría sobre ella, la besaría y...

Zach se terminó de beber la cerveza y dejó el vaso con ímpetu sobre la barra. ¿Qué demonios le ocurría? No recordaba haber tenido una fantasía tan primitiva con otra mujer.

–¡Ahí está! –el texano soltó desde su asiento y le agitó la mano–. Estoy aquí, cielito.

Chelsea sonrió mientras agitaba la mano para saludarlo.

–Deséame suerte –le pidió en voz baja a Esme antes de avanzar hacia la mesa.

No pensaba mirar a Zach. Eso sería un error. Un tremendo error, decidió mientras sus miradas se encontraban en el atestado bar. Nada más hacerlo sintió de pronto que era incapaz de moverse. Una parte de ella quería ir hacia el texano; la otra hacia Zach. Por encima del ruido de las conversaciones, oyó una canción que surgía de la máquina de discos. Era una melodía antigua, cuya letra hablaba de encontrar el gran amor.

¿Sería posible que la falda estuviera tirando de ella hacia Zach?

¡No! Solo era una falda negra y lisa.

–¡Eh, señorita! ¡Aquí!

Con el rabillo del ojo vio que el texano se abría camino en dirección a ella.

Los dos hombres se acercaban irremediablemente. Tenía que hacer algo. Pero era como si tuviera los pies pegados al suelo.

Una mano grande y fuerte le agarró del brazo.

–Está sonando nuestra canción.

Apartó finalmente los ojos de Zach y se volvió a sonreír al texano.

–Sí que lo es. Llevo toda mi vida queriendo aprender el baile texano.

Capítulo Cinco

Zach colocó otro billete sobre la barra y le pasó a Esme la copa de vino blanco que le había servido el camarero. Había pensado en tomarse otra cerveza, pero decidió que ya había bebido bastante. Se había tomado dos, pero aún no había resuelto qué hacer con Chelsea Brockway.

Dirigió de nuevo la mirada hacia la pista de baile, donde Chelsea seguía pegando botes con el texano. Por lo que había visto, el baile texano no era más que una excusa que se habían inventado los habitantes de ese estado para poder tocar a una mujer casi donde les diera la gana. Aunque Chelsea parecía estar disfrutando. Zach se dio la vuelta y pidió una tercera cerveza.

–Es una joven lista y con personalidad –comentó Esme.

Zach se volvió hacia la mujer.

–Tú crees que debo publicar sus artículos, ¿verdad?

Esme lo miró a los ojos.

–Tú eres ahora el jefe. Puedes hacer lo que te apetezca. Si alguien se hubiera molestado en decirme que ibas a ser el nuevo editor jefe antes de que la señorita Brockway firmara el contrato esta mañana, nos habríamos ahorrado muchos problemas.

–Pedí que no se le comunicara a nadie –dijo Zach–. Estás molesta porque mi tía me ha pasado el mando de la revista, ¿no?

Esme dio un sorbo de vino y miró hacia los que estaban bailando.

–Molesta no. Sorprendida, más bien. Tu tía Miranda y tu padre siempre han estado llenos de sorpresas. Debería habérmelo imaginado.

Pero no había sido así. Zach se preguntó si Esme habría albergado la esperanza de que su puesto como editora jefe temporal pasara a ser permanente.

–Te gustaría haber dirigido tú *Metropolitan*, ¿verdad?

Esme lo miró.

–¿Yo? De haber querido dirigir una revista, habría abandonado *Metropolitan* hace años.

–¿Y por qué no lo hiciste? –preguntó Zach.

–Me gustaba trabajar para tu padre –contestó Esme.

Unas voces llevaron a Zach a mirar hacia la pista. Uno de los amigos del texano se había unido a la pareja. Ninguno de los dos hombres parecía contento, y Chelsea estaba entre medias de los dos. Zach dejó la cerveza y avanzó rápidamente hacia ellos.

–Me toca a mí bailar con la potranca –dijo el amigo en voz alta mientras tiraba de Chelsea.

–Un baile más y es tuya –dijo el acompañante de Chelsea, sin soltarle el otro brazo.

El otro hombre sonrió.

–Dile que prefieres bailar conmigo, cielito.

–No creo que quiera bailar con ninguno de los dos –dijo Zach, que llegó en ese momento junto a ellos.

Los dos fortachos texanos soltaron a Chelsea y se volvieron a ver quién les decía eso.

–Esta nena bailará conmigo y después con mi amigo –dijo el que había estado bailando con Chelsea.

–Sí, fuera de aquí –corroboró el otro.

–Bueno, un momento –dijo Chelsea, intentando colocarse entre ellos–. Esto no es un duelo al sol.

Los hombres la ignoraron al tiempo que avanzaron al unísono hacia Zach.

Zach miró a uno y a otro mientras se balanceaba sobre los pies. Con el rabillo del ojo vio a Carleton

Bushnell y a sus otros empleados acercándose a la pista de baile.

–Me llevo a la señorita de aquí –anunció Zach.

–De donde venimos nosotros, no nos gusta que nos birlen a las chichas –dijo el acompañante de baile de Chelsea.

Era el más grandote de los dos, pero el otro parecía más cruel.

Zach se dirigió a Chelsea, sin dejar de mirar a sus oponentes.

–Chelsea, ve con Bill.

–No hasta que no dejes de...

De soslayo, Zach vio que Bill Anderson se adelantaba para retirar a Chelsea de allí.

–¡Viva! –gritó el que tenía cara de malo–. Parece que nos hemos metido en una pelea.

El más grande levantó los puños.

–Es mío.

Pero su amigo se le adelantó y propinó el primer puñetazo.

Zach se agachó hacia la derecha, y entonces giró para darle un buen golpe al otro en el cuello. El que tenía cara de malo cayó al suelo.

Chelsea se soltó de Bill Anderson y avanzó hasta colocarse delante de su pareja de baile.

–¡Basta! ¡Dejadlo ya!

–Esto solo nos llevará un momento, cielo –dijo el hombre, quitándosela de en medio con la misma facilidad con la que la había llevado por toda la pista.

En esa ocasión, tanto Bill como Carleton se adelantaron para apartarla de allí.

Zach pensó que solo tenía unos segundos para decidirse, aunque en realidad no tenía demasiadas opciones.

Su oponente tenía unos puños del tamaño de pequeños jamones, y aunque había bebido mucho, no resultaba probable que cometiera el mismo error que el amigo del suelo.

Zach eludió el puñetazo, se echó a un lado y le

propinó uno en el estómago. La fuerza del golpe hizo que el tipo se cayera al suelo de culo. Segundos después se encogió hacia adelante y se agarró el estómago.

Zach se volvió y encontró a Bill Anderson a su lado con Chelsea.

–Gracias.

Zach tomó a Chelsea del brazo y cruzaron el bar a través del gentío. Carleton y los demás compañeros formaron una barrera humana para impedir que los dos grandullones los siguieran inmediatamente. Uno de ellos consiguió abrirse paso entre la gente cuando Zach y Chelsea ya empujaban la puerta de cristal y madera del local.

–Date prisa –le dijo Zach; había dejado de llover, pero no se veía ningún taxi–. Vamos a tener que echar a correr –añadió sin soltarle la mano.

Y así lo hicieron. Corrieron sin parar hasta que tuvieron delante el Centro Rockefeller. Entonces Zach aminoró el paso y volvió la cabeza.

–No me parece que nos hayan seguido.

–Afortunadamente para nosotros, se dejaron los caballos en Texas –dijo Chelsea, jadeando aún.

Él se echó a reír, pero al momento se detuvo y se volvió hacia ella.

–¿Estás bien?

–Estoy bien –respondió Chelsea, y respiró hondo–. Pero la falda ha sufrido un poco.

Zach le miró la falda y vio que tenía parte del bajo colgando. También parecía caerle de cintura.

–Creo que fue el baile texano –lo miró divertida.

Los dos se echaron a reír al mismo tiempo. Pero cuando dejaron de reírse, Zach no desvió la mirada. Estaba demasiado absorto contemplándola. Tal vez fuera la luz que la farola proyectaba sobre su piel, o tal vez el aroma que incitaba sus pensamientos, pero por primera vez, Zach pensó que Chelsea era una mujer muy bella. El deseo que lo invadió en ese momento fue primitivo, elemental, casi irresistible...

–Sabes, es la primera vez que alguien se pelea por mí en un bar. Y que casi me haya pasado dos veces en el mismo día...

Zach tuvo que hacer un gran esfuerzo para atender a lo que le estaba diciendo. Entonces se fijó en sus labios.

–Y lo hiciste tan bien; nada de líos, un mínimo de desperfectos...

Solo la estaba escuchando a medias. Porque con la imaginación estaba recreando lo que sentiría si volviera a besarla, a saborearla. El beso de la oficina no había conseguido saciar su sed, sino más bien aumentarla.

–Estoy balbuceando de nuevo cuando en realidad debería estar hablando de negocios.

Zach apartó los ojos de su boca.

–¿Cómo?

–La apuesta. ¿La he ganado? ¿Vas a publicar mis artículos?

«No la dejarás escapar», pensó en las palabras de su tía.

–Sí.

La respuesta le salió en contra de su voluntad. Entonces, repentinamente, ella le echó los brazos al cuello. Por un momento sintió su mejilla pegada a la suya.

–Muchísimas gracias.

Cuando Zach la estrechó contra su cuerpo, Chelsea se estremeció. Inmediatamente se apartó de ella y la miró.

–Estás helada. Ni siquiera llevas el abrigo puesto –le dijo, y rápidamente empezó a desabrocharse la americana.

Chelsea se apartó de él.

–No seas tonto. En cuanto me meta en un taxi se me pasará –hizo una pausa y miró a su alrededor–. Será mejor que me marche. La señorita Sinclair quiere el artículo para mañana al mediodía.

–Creo que hay una parada más allá de la pista de patinaje –dijo Zach.

Ella echó a andar en esa dirección y él se quitó la chaqueta y se la colocó sobre los hombros.

Caminaron en silencio unos minutos. Chelsea se estrujó el cerebro para encontrar un tema de conversación. Pero cada vez que aspiraba le llegaba el aroma a Zach, que parecía obnubilarle el cerebro.

Como eran las siete de la tarde, la pista de patinaje estaba llena de turistas y de neoyorquinos que aún no tenían ganas de volver a sus diminutos apartamentos. La música sonaba a todo trapo por los altavoces; un villancico, por supuesto. Y también estaba el inmenso árbol de Navidad.

–¿Te has fijado que vayas donde vayas no puedes librarte de la Navidad?

Zach estuvo a punto de tropezarse en las escaleras que habían empezado a subir. Era lo que menos hubiera esperado oírle decir.

–Me he fijado.

–Pero no te importará, porque seguramente pensarás que esta es la época más alegre del año, ¿no?

–No. En realidad, esta época no suele ser muy alegre para mí, y todos los símbolos me resultan molestos.

No recordaba haber conocido a nadie que lograra entender su punto de vista.

Chelsea se detuvo y se volvió a mirarlo.

–¿Entonces no te gusta de verdad la Navidad? –le preguntó en voz muy baja.

–No particularmente.

En ese momento una ráfaga de viento helado los golpeó.

–Ves. Nos están castigando por confesar que no nos gusta la Navidad. Si no tenemos cuidado, ese árbol tan monstruoso se nos caerá encima.

Zach se echó a reír y, tomándola del brazo, la urgió a subir los últimos escalones.

–¿Poe qué le tienes manía a la Navidad? ¿Te falló Santa Claus?

–No, siempre me dejó muchos regalos en el árbol.

Jamás le había contado a nadie, excepto a sus compañeros de piso, lo que le había llevado a detestar esas fiestas, pero le resultó natural contárselo a Zach. Tal vez porque él tampoco era forofo de esa época.

–Siempre disfruté de la Navidad, hasta que me hice lo bastante mayor y me enteré de que mi padre vivía y no quería saber nada de mí.

–¿Por qué no? –preguntó Zach.

–Mi madre dice que nunca quiso esa responsabilidad. Y habría sido distinto de no haber nacido la víspera de Navidad. Cuando me enteré de que ni siquiera había ido a verme al hospital al nacer, empecé a odiar las fiestas de Navidad. Un mal recuerdo puede hacer eso, ¿no te parece?

–Sí.

Chelsea lo miró y vio que estaba pensativo. Estaba a punto de hacerle una pregunta, cuando él se volvió a mirarla.

–¿No has visto nunca a tu padre?

Ella negó con la cabeza.

–Eso fue parte del trato que mi madre hizo con él. Mi padre pagó mis estudios superiores, pero yo nunca quise ponerme en contacto con él –le echó una mirada–. Ahora ya conoces mi más inconfesable secreto. ¿Qué te parece si me cuentas el tuyo?

Él sonrió y la agarró del brazo, mientras rodeaban el enorme árbol.

–Otra vez será. Ahora mismo, prefiero que sigas hablándome del tuyo. ¿Por qué quieres escribir para revistas?

–Eso no es un secreto. Mi madre te diría que siempre me ha encantado escribir, crear imágenes e ideas con palabras. Las revistas me parecieron un objetivo más sencillo que las novelas. Para mí, uno de los mayores placeres es poder escribir textos más breves y que se publiquen con mayor rapidez que los libros. ¿Y tú? ¿Por qué quieres dirigir una revista?

–Siempre ha sido mi sueño. Cuando era niño,

probablemente tenía esa aspiración porque era lo que mi padre hacía. Más tarde, decidí que era el mejor modo de establecer un foro donde la gente intercambiara ideas. Supone una oportunidad real de expresar algo que puede hacer cambiar el mundo.

Zach hablaba con pasión de su trabajo. Chelsea la vio en sus ojos y la oyó en su voz, y no pudo evitar admirarlo por ello.

–Me doy cuenta que desprecias un poco mis artículos. ¿Pero no te parece que en la vida hay algo más que ideas?

Él la miró de reojo.

–¿Machos y faldas que atraen a los hombres, por ejemplo?

Ella negó con la cabeza.

–No solo eso. Estaba pensando en todo lo que hace la gente para relajarse y divertirse: ir al cine, a un museo, a patinar, y ese tipo de cosas. Para mi segundo artículo sobre la falda, voy a ponérmela para ir al Museo de Arte Moderno, y después voy a patinar con ella, aquí mismo en el Centro Rockefeller.

Habían llegado a la calle; al otro lado, había dos taxis en la parada. Zach la agarró del brazo justo cuando ella iba a cruzar la acera.

–No me hace gracia la idea de que vayas con esa falda por ahí sola. Parece atraer líos.

–Para eso me la pongo –dijo Chelsea–. De todos modos, no habría nada sobre qué escribir.

Zach se lo pensó un momento. Habría preferido disponer de más tiempo para sopesar los pros y los contras.

–No quiero que la revista sea responsable de nada que pueda hacerte daño –dijo, frunciendo el ceño.

Ella lo miró con sorpresa.

–Si tienes miedo de que te denuncie, no te preocupes, no lo haré.

Iba cruzando la calle cuando él volvió a agarrarla del brazo.

–Tengo una idea mejor. Mi tía va a dar una fiesta

de Navidad el próximo sábado por la noche. ¿Por qué no me acompañas?

Chelsea lo miró detenidamente.

–Lo siento, pero no puedo. Yo no salgo con hombres.

–¿Por qué no?

–Te lo he dicho antes, es un pacto que hice con mis compañeros de piso. Ligar es duro. Físicamente, cuesta mucho esfuerzo salir ahí a conocer gente. Y emocionalmente impide concentrarse. De modo que hemos jurado que no nos implicaremos en ninguna relación sentimental hasta que no estemos más establecidos en nuestras distintas profesiones. Y en este momento mi prioridad deben ser mis artículos.

–No lo mires como una cita. Es una oportunidad única para probar esa falda tuya en la fiesta de mi tía. La mayor parte de la sociedad de Manhattan estará allí. Piensa en el artículo que podrás escribir. Será mucho menos peligroso que ir a un museo o que venir a patinar.

Chelsea estaba muy pensativa.

–Te estoy ofreciendo una oportunidad para que trabajes mejor.

Ella vaciló un momento.

–Mientras que dejemos claro que no es una cita.

Zach consiguió adoptar una expresión neutral.

–Clarísimo.

Horas más tarde, no estuvo seguro de lo que lo había alertado del peligro. Tal vez había sido el destello de la luz de la luna sobre el metal cromado, o el repentino vibrar de un motor acelerando.

El coche apareció de Dios sabía dónde y al instante se dirigía hacia ellos a toda velocidad.

La acera opuesta estaba demasiado lejos, y el rugido de aquel motor demasiado cerca. En el último segundo, levantó a Chelsea y saltó con ella sobre el capó de un coche que había aparcado. Se retorció para asimilar la fuerza del impacto, y la agarró con fuerza antes de rodar.

El metal chirrió contra el metal. Saltaron chispas. Zach fue consciente de eso antes de arrastrarla con él hasta la acera. Se puso de pie en un segundo, sin soltar a Chelsea. Calle arriba, el sedán azul se saltó el semáforo en rojo, pero estaba demasiado lejos ya para poder leer la matrícula.

Por un instante no se movió, de tantas emociones como lo asaltaron. La primera de ellas un miedo atroz porque había pensado que no podrían librarse del golpe. Instintivamente, abrazó a Chelsea.

–¿Te encuentras bien?

Notó que ella asentía con la cabeza.

–¿Estás segura de que te encuentras bien?

–Del todo –dijo, con la cara apoyada sobre el pecho de Zach–. Me cuesta un poco respirar.

La apartó de él con suavidad y observó que ella se encogía de hombros, doblaba los codos y sacudía las piernas. Zach empezó a notar un dolor agudo en el hombro, y que de pronto las rodillas le temblaban como si fueran de gelatina.

–Estoy bien –dijo en tono desenfadado, pero cuando lo miró a los ojos él vio una sombra de pánico–. Qué poco ha faltado, ¿verdad?

–Muy poco.

Zach la abrazó de nuevo, y se dejó abrazar por ella. Lo que sintió nada tuvo que ver con el contacto en su despacho. En ese momento no percibió deseo, ni ardor; tan solo un calor sorprendentemente dulce.

Chelsea fue la primera en retirarse.

–Gracias.

–¿Por qué?

–Por rescatarme de un vaquero borracho, por salvarme la vida, por pedirme que te acompañara a la fiesta de tu tía Miranda, por cumplir mi contrato con *Metropolitan* y... déjame ver... por ofrecerme tu chaqueta –hizo una pausa y aspiró hondo–. ¿Se me olvida algo?

Inexplicablemente, Zach tuvo ganas de reír.

Le echó un brazo por los hombros y echaron a andar hacia la fila de taxis de la parada.

–Mientras tanto, puedes darme las gracias por acompañarte a casa antes de que pilles una neumonía.

–Gracias.

Ambos se reían a carcajadas cuando Zach abrió la puerta del taxi.

–A mí me parece una cita. ¿No te parece a ti una cita, Ramón? –Daryl le preguntó mientras añadía agua caliente a la palangana donde Chelsea tenía metidos los pies.

Ramón levantó la mirada del mostrador donde estaba colocando galletas sobre una plancha con precisión militar.

–¿Dos personas que van juntas a una fiesta de Navidad? No hace falta estrujarse el cerebro.

–No es una cita –insistió Chelsea–. Es la falda. ¿Acaso soy el tipo de chica a la que un acaudalado soltero invitaría a una fiesta?

–¿Por qué no? –preguntó Daryl.

–Porque él es... porque yo... –Chelsea hizo un gesto con la mano–. Porque sencillamente no pegamos ni con cola.

–Porque él te atrae, y tú huyes de cualquier hombre que te haga sentir eso gracias a Boyd Carter –dijo Daryl mientras iba por la hucha que había sobre una estantería y se la llevaba a Chelsea–. Por eso finges que no es una cita.

Daryl agitó la hucha delante de ella.

–Recuerda la regla.

Habían hecho un pacto de no tener citas, y si lo rompían la multa era de veinte dólares. Lo que ahorraran lo utilizarían para arreglar el apartamento. Esa era la pasión de Daryl. Y para comprar provisiones para cuando tuvieran invitados. Esa era la de Ramón.

–De acuerdo –Chelsea se dio por vencida.

–Entonces reconoces que es una cita –dijo Daryl, agitando de nuevo la hucha delante de ella.

–Vale. Una cita –concedió mientras sacaba del monedero un billete de veinte dólares y lo metía por la ranura–. Pero os aseguro que la única razón por la que voy a ir es porque tengo la intención de sacar de ahí un artículo. Me voy a poner la falda.

–¿Cómo? –dijo Daryl con cara de susto.

–Me voy a poner la falda para la fiesta.

Daryl frunció el ceño al tiempo que miraba la prenda negra que había colocado sobre el respaldo de una silla, delante de la chimenea.

–No lo dirás en serio.

–Confío en que se te ocurra algo, Daryl.

–¿Es que me parezco el hada madrina de Cenicienta? –Daryl sonrió–. Pensándolo mejor, no me contestes a eso.

–Por favor, Daryl. Sacaré un artículo estupendo.

–Hará falta un milagro.

Chelsea ahogó un suspiro de alivio al ver que Daryl se levantaba, se acercaba a la falda y empezaba a examinarla.

–Hay un top de cuentas que vi en el último pase de Versace. Podría copiarlo, y con los zapatos adecuados...

–¿Quién quiere pizza? –preguntó Ramón.

Daryl sacudió la cabeza.

–Comida basura. Ramón, eres un maestro de la cocina y lo único que comes es eso.

–La pizza engloba todos los alimentos de la pirámide alimenticia –dijo Chelsea, notando el hambre que tenía de pronto–. Yo me apunto.

–La luz del contestador se ha encendido –le dijo Ramón.

La primera voz que salió del contestador fue la de Ramón.

–Deje su mensaje.

La siguiente voz fue más profunda y ronca, apenas un susurro.

–Sus artículos en el *Metropolitan* son asquerosos. Indecencia como esa debería prohibirse. Al igual que a la escritora.

A pesar de que tenía los pies metidos en agua caliente y del fuego que ardía en la chimenea, Chelsea se quedó helada.

–¿Quién es? –preguntó, mirando a Ramón.

–El identificador de llamadas lo clasifica como fuera de zona.

Daryl se sentó junto a ella en el sofá.

–No te preocupes. Hay mucho loco por el mundo. Algunos disfrutan asustando a la gente. Los anónimos son unos cobardes.

Chelsea lo agarró de la mano.

–Yo no tengo miedo. Siento rabia. Y, sobre todo, estoy muerta de hambre. Pide ya la pizza, Ramón.

Ramón iba a descolgar el recibidor cuando sonó el teléfono.

–¿Quién es?

Chelsea vio que se le iluminó la expresión.

–¿De verdad? Ahora mismo se lo paso –Ramón le pasó el teléfono–. Dice ser alguien del programa *Buenos Días, Nueva York.* Si no es así, dínoslo y nos ocuparemos de él.

–Soy Chelsea Brockway... Sí, la que escribió los artículos para el *Metropolitan* –abrió los ojos como platos por algo que le dijo el hombre–. Claro. Estaré esperando.

Nada más colgar, se volvió hacia sus compañeros de piso.

–Era James McCarthy, el presentador del programa. Quiere entrevistarme el viernes y me va a enviar una limusina para que me recoja a las cinco.

–¡Di que sí! –exclamó Daryl.

–Lo mismo digo –repitió Ramón.

–Voy a ponerme la falda –dijo Chelsea–. ¿Creéis que funcionará a través de las ondas?

Capítulo Seis

–¿Zach, estás despierto?

–Sí.

A las siete de la mañana Zach no solo estaba despierto, sino que ya había terminado sus ejercicios matinales y su meditación. Lo que lo sorprendía era que su tía Miranda estuviera despierta.

–¿Qué pasa?

–Enciende la tele. Corre.

Zach corrió al salón de su apartamento, agarró el control remoto y presionó un botón.

–¿Qué es tan importante que estás viendo la televisión a estas horas?

–Estoy en la rueda de andar. Con la tele puesta me aburro menos. ¿Y sabes qué? Estoy viendo a esa mujer que rescataste la otra mañana en el bar. Está en *Buenos Días, Nueva York.*

–¿En qué canal?

–En el cinco. Está hablando de los artículos que va a escribir para *Metropolitan.*

Zach frunció el ceño y presionó otro botón. Chelsea Brockway estaba sentada delante de una chimenea, charlando amigablemente con un joven muy apuesto y sonriente.

La había echado de menos. El hecho de darse cuenta de ello hizo que mirara la pantalla con cara de pocos amigos. Mientras su tía continuaba charlando, él se fijó que llevaba puesta la falda y que le quedaba al menos cuatro centímetros por encima de la rodilla.

Había evitado ponerse en contacto con ella en los últimos cuatro días adrede. Sin duda había enviado el artículo a tiempo. Esme se lo había dejado sobre su mesa a la vez que lo había enviado a impresión. Zach había podido comprobar que Chelsea tenía la habilidad de crear vívidas viñetas llenas de humor y mucha destreza para engendrar caracteres. El retrato tan preciso que había creado de los texanos le había hecho reírse a carcajadas.

De principio a fin, su personalidad y su estilo vivaz y refrescante habían sido la nota predominante.

Se dio cuenta de pronto que llevaba todos esos días echándola de menos, y que por esa misma razón no había sido capaz de quitársela de la cabeza.

–Es la mujer de la que Esme consiguió esos artículos. La misma de la comida del lunes. ¿Por qué no me lo dijiste?

–En ese momento no lo sabía –contestó Zach.

–Acaba de mencionar que tiene otro artículo en el número que sale hoy a la calle y un contrato para escribir dos más. Pensé que querías darle un nuevo giro a la revista.

–Es lo que quiero, y lo que voy a hacer.

Cuando el presentador se inclinó hacia delante y le puso a Chelsea una mano en el regazo, Zach se acercó a la tele y aumentó el volumen con el botón del mando.

La cámara enfocó un primer plano mientras Chelsea explicaba la historia de la falda. Zach no pudo evitar pensar que algún listo de aquella isla le había comido el coco a la compañera de facultad de Chelsea. Incluso consiguió que el presentador reconociera que tenía una corbata especial que siempre llevaba cuando tenía alguna entrevista difícil.

–Ha sido muy inteligente por tu parte pensar en que saliera en televisión para promocionar los artículos –dijo Miranda.

–Yo no he hecho eso –dijo Zach, callándose que lo que menos quería hacer era hacer promoción de los artículos de la falda.

–Pues quienquiera que lo haya hecho es un genio. El noventa por ciento de las mujeres solteras de Manhattan van a querer utilizar la falda. Y sin duda se compraran la revista para averiguar más cosas sobre ella ¿Sabes cuántas personas en esta ciudad ven *Buenos Días, Nueva York*?

Zach prefirió no pensarlo. La charla de su tía le estaba haciendo perder el hilo de la entrevista.

–¿Te importa que te haga algunas preguntas sobre tu anterior artículo, en el que hablas del hombre con el que sueñan todas las mujeres?

–Adelante.

–Hemos pensado que, como eres la experta, vamos a mostrarte algunas fotos de personajes famosos para que tú puedas darles la puntuación adecuada.

De nuevo la cámara se acercó a Chelsea mientras el presentador empezaba a leer los nombres.

–Me gustaría conocerla –dijo Miranda–. ¿Podrías presentármela?

–Mañana por la noche. Voy a llevarla a tu fiesta.

–Vaya... –dijo Miranda con deleite–. Estoy deseando charlar con ella.

Él también iba a charlar un poco con ella.

De repente su atención se centró en la pantalla de televisión. Era su foto la que estaba viendo.

–Muy bien... –dijo el presentador–. Nuestros telespectadores tienen en pantalla una fotografía de Zachary McDaniels, el nuevo director de *Metropolitan*. ¿Lo conoces en persona?

–Sí –contestó Chelsea.

–¿Te parece él un hombre de ensueño?

–Sí –contestó Chelsea sin vacilar–. Sin duda alguna.

–Ya lo han oído, señores. Nuestra experta nos dice que el nuevo editor de *Metropolitan* haría las delicias de cualquier mujer. Señor McDaniels, si nos está viendo, me gustaría invitarlo a que viniera a nuestro programa el próximo martes, el día después de Navidad, para darnos su opinión sobre lo que ha dicho Chelsea –le guiñó un ojo a la cámara–. Y ustedes telespectadores tendrán la oportunidad de divertirse un rato también. Durante todo el día de hoy y el fin de semana de la Navidad, podrán votar y decirnos si Zach McDaniels les parece un hombre de ensueño simplemente accediendo a nuestra página web. Les daremos los resultados de esta encuesta en nuestro próximo programa –hizo un breve saludo con la mano–. Se nos acabó el tiempo. Buenos días, Nueva York.

Miranda seguía riéndose cuando la imagen desapareció de la pantalla y aparecieron los anuncios.

–¿Sabes cuántas personas encenderán el televisor el martes para averiguar los resultados y para ver si aceptas el desafío?

Zach desde luego no quería ni pensar en eso.

–Muchas gracias, señorita Brockway –dijo el joven ayudante de producción mientras la acompañaba hasta los ascensores

–El señor McCarthy está muy contento con la sección, y ha sido muy amable al firmar autógrafos para esos scouts. Su falda los ha fascinado.

Nada más cerrarse las puertas del ascensor, Daryl, que la había acompañado, le dio un abrazo.

–¡Has estado maravillosa!

Chelsea sacudió la cabeza.

–Me parece que Zachary McDaniels no va estar demasiado contento con lo que he dicho.

–¿Y qué puede hacer al respecto? –le preguntó Daryl–. Es tu jefe. ¿Qué ibas a decir por la tele? ¿Que no es un hombre de ensueño? Créeme, Chelsea, has hecho lo correcto.

–Él no va a pensar lo mismo. Ahora mismo me estoy imaginando la cara que está poniendo.

–¿Estás de broma? Sin duda estará de muy buen humor. *Metropolitan* sale hoy y cualquier mujer que te haya visto esta mañana pasará por el quiosco a comprar un ejemplar. ¿Una falda mágica que atrae a los hombres? Estoy pensando muy seriamente en diseñar una imitación de la prenda. Además, McDaniels te ha pedido salir con él.

–No –dijo Chelsea negando con la cabeza–. Le ha pedido salir a la falda.

–No lo dirás en serio.

–Pues sí.

Daryl le puso las manos en los hombros y agachó la cabeza para que ella lo mirara a los ojos.

–La única magia que tiene la falda es mi manera de colocártela.

–Eres estupendo, Daryl, pero me lo he pensado mucho. Lleva cuatro días sin llamarme, y no ha hecho intención de verme. Cuando estuve con él, Zach estaba bajo la influencia de la falda. Ahora se ha recuperado.

–Pon los pies en la tierra, Chels. Ese hombre te pidió salir por ti. Eres dulce, inteligente e incluso aunque no te vista yo, sigues estando guapa. Estás permitiendo que una mala experiencia con un cretino estropee la imagen que tienes de ti misma.

–No me ha llamado.

–Despierta, Chels, estamos en el siglo veintiuno. Tú puedes llamarlo. O mejor aún, ve a verlo a su despacho. Puedes utilizar la excusa de que vas a devolverle su americana, y después aceptarás su agradecimiento por haberle dado a su revista una publicidad inmejorable.

Daryl la agarró del brazo y la condujo hacia las puertas giratorias.

–¿Crees que él se lo tomará así?

–Sé que lo hará –dijo mientras salían a la acera–. Y ya que estás allí, puedes mencionarle los mensajes que te han dejado en el contestador.

–Decidimos que no era más que un maniático.

Daryl se encogió de hombros.

–Tal vez. Pero no estaría mal que tu jefe se preocupara por ti.

De camino a su despacho, Zach iba maldiciendo el día en que nació.

–Buenos días, señor McDaniels –Linda Parker se levantó de su mesa para darle un montón de cartas y mensajes–. Su hermano ha llamado dos veces. Me parece que no me creyó cuando le dije que aún no había llegado.

–Si me llama otra vez, dile que estoy en una reunión y que no puedes interrumpirme. Y ponme al habla con la señorita Chelsea Brockway.

–¿No le parece que ha estado maravillosa esta mañana?

Zach se dio la vuelta para estudiar a su secretaria, una eficiente mujer de cabello liso y castaño de unos veintitantos años.

–¿Has visto el programa?

Ella asintió con la cabeza.

–Lo veo a diario. Tuvo usted una idea estupenda al pedirle a la señorita Brockway que fuera al programa. Todo el mundo está comentándolo.

Zach miró a su alrededor y vio a tres empleadas junto al bebedero que miraban en dirección suya. Más que mirar, lo observaban con detenimiento. Una de ellas levantó el vaso de agua para saludarlo; las otras dos sonreían de oreja a oreja.

Linda Parker se aclaró la voz.

–Varias mujeres han llamado, señor. Me apuesto a que el día que salga usted habrá más llamadas. No hay mujer en todo Nueva York que no quiera ver cómo es usted en persona.

–Yo...

Pero antes de corregirla y decirle que no iba a aparecer en ningún programa, sonó el teléfono de la mesa de Linda.

–Oficina de Zachary McDaniels –hizo una pausa y sonrió a Zach–. No, no puedo pasarle porque está en una reunión. Sí, le pasaré todos sus mensajes, señor McDaniels.

Zach entró en su despacho y fue hacia su escritorio para ver los mensajes que tenía. Dos llamadas de su hermano, que nunca llamaba, otra de James Mc-

Carthy, de la televisión de Nueva York, y el resto de mujeres que no reconocía. ¿Tal vez mujeres que querrían conocer al hombre de sus sueños?

Chelsea Brockway tendría que darle una explicación, eso sin duda.

Dejó las notas de papel rosa sobre la mesa y fue entonces cuando vio el sobre que había quedado debajo. No tenía ni sello ni dirección, solamente su nombre en letra de imprenta y debajo del nombre la palabra «confidencial». Lleno de curiosidad, Zach lo abrió. Contenía una hoja con unas palabras recortadas de alguna revista y pegadas en la hoja.

Deje de imprimir basura. Aquellos que hagan proselitismo del sexo morirán. El del lunes por la noche solo fue un aviso.

Estupendo. Encima de todo, había un maníaco suelto que lo amenazaba. ¿Cómo demonios habría llegado la nota a su secretaria? Fue rápidamente hacia la puerta y la abrió.

–En este momento estaba marcando el número de la señorita Brockway.

–¿De dónde ha venido este sobre?

Linda Parker se agachó y sacó un sobre grande de la papelera.

–Entregas Rápidas; es una empresa de envíos.

–Mira a ver si puedes averiguar quién lo envió.

–¿Le dejo a la señorita Brockway un mensaje en el contestador?

Zach asintió y cerró la puerta de su despacho. Cuando ni siquiera había llegado a la mesa, sonó el intercomunicador.

–¿Sí?

–Está aquí, señor... en la recepción. Quiero decir, la señorita Brockway. ¿Le digo que está en una reunión?

–Envíemela inmediatamente, señorita Parker.

Había dado dos pasos en dirección a la puerta

cuando se detuvo. ¿Qué demonios le ocurría? Estaba enfadado con ella, no deseoso de verla. ¿Qué pasaba con el plan que había ideado mientras se vestía esa mañana? Iba a hacer lo que debería haber hecho antes: convencerla para que rompiera el contrato por una cantidad generosa, por supuesto. Nada más oír que la puerta se abría y se cerraba, dejó el sobre encima de su mesa y se dio la vuelta. Pensaba que estaba preparado, pero una sola mirada fue suficiente para saber que los cuatro días que había pasado sin verla no habían logrado disminuir el deseo que ya lo recorría de pies a cabeza. Con la americana corta y la blusa blanca, parecía una colegiala de uniforme, joven e inocente. Seguía deseándola. Maldita sea, deseaba agarrarla y hacerle el amor sobre el escritorio de su padre. Mejor aún, deseaba llevársela a una playa recóndita, con las palmeras susurrando sobre sus cabezas y el océano estrellándose suavemente a sus pies... Nadie los interrumpiría mientras la poseía una y otra vez bajo la luz de la luna. La viveza de la imagen lo impulsó a avanzar un paso, pero el primitivo deseo que le retorcía las entrañas le hizo detenerse.

Aquella era la mujer que estaba echando por la borda sus planes para *Metropolitan*.

–Quería devolverte tu chaqueta –dijo –. Si he venido en mal momento...

–¿Cómo demonios se te ocurrió ir a ese programa?

–¿Estás enfadado?

–¿Se me nota?

Ella avanzó hacia él.

–Sabes, aunque quisieras no podrías comprar la publicidad que esta mañana le he dado a tu revista.

–¿Publicidad? ¿Cómo voy a poder dirigir la revista por donde yo quiero cuando tú has hecho que pierda toda la credibilidad que esperaba establecer cuando has dicho que soy un hombre de ensueño? Me ha llamado el tipejo ese que presenta el programa. Seguramente querrá que me presente allí y que dé mi respuesta, ¿no?

–¿Acaso debería haber dicho que no eres un hombre con el que cualquier mujer podría soñar?

–En realidad, yo habría preferido que no hubieras ido a ese programa para darte publicidad a costa de mi revista.

Estaba lo bastante cerca para ver la sombra de dolor en su mirada. Sabía que hacía mal, pero se acercó a ella de todos modos.

–¡Esto no es posible!

Quería zarandearla, pero sobre todo quería besarla. De modo que la estrechó entre sus brazos, y eso fue lo que hizo.

Ningún hombre debería ser capaz de moverse con tanta rapidez. Ningún hombre debería poder besar de ese modo... tan irresistible. Pero él sí. Y lo hizo.

Aunque todo eso se le estaba pasando por la cabeza, Chelsea dejó caer la chaqueta al suelo y lo agarró por los hombros.

No había ido allí para eso, se dijo para sus adentros mientras le hundía los dedos entre los cabellos. Pero nada más tocarla, nada más sentir sus labios besándola, lo había deseado sin lugar a dudas.

Pero incluso mientras se decía que debía apartarse de él, Chelsea le echó las manos al cuello y se pegó más a él.

–¿Cómo te atreves a deshonrar así a nuestro padre?

Aquella voz estentórea penetró en su consciencia al tiempo que sintió que Zach la agarraba de los hombros y se apartaba de ella.

Capítulo Siete

–Chelsea, quiero presentarte a mi hermano, Jeremiah McDaniels, el futuro gobernador del Estado de Nueva York. Jerry, esta es...

–Sé quién es –Jerry McDaniels le echó a Chelsea una mirada furibunda antes de volver a mirar a Zach–. No puedo permitir todo esto.

–¿No puedes permitirme que bese a una mujer? No sabía que tu programa político fuera tan lejos.

–No me refiero a eso –dijo Jerry–. Puedes hacer manitas cada vez que te dé la gana. Sin embargo, aunque no me sorprende, no me gusta que lo hagas en el despacho de papá.

–Ahora es mí despacho.

Jerry lo miró con rabia.

–No lo será por mucho tiempo si yo puedo evitarlo. No dije nada cuando Miranda me comunicó su intención de pasarte el mando. Esperaba que cambiaras. O bien eso, o bien que te cansaras de dirigir la revista y que pasaras a hacer otra cosa antes de causar daños irreparables. Pero no puedo soportar que ensucies el nombre de nuestro padre convirtiendo su revista en una publicación llena de basura, que hace proselitismo del sexo y...

–Espera un momento... –empezó a decir Zach.

Instintivamente, Chelsea se colocó entre los dos hombres. Si sabía de algo, era de dos hermanos enfadados.

–¡Basta ya! Vuestro padre no querría que os pelearais, y menos en su despacho.

–En mi despacho –dijo Zach.

–Yo no peleo porque soy un hombre pacífico.

Solo he venido aquí a informarte de que mi conciencia no me permite seguir prestándote mi apoyo. He quedado que el consejo de administración de McDaniels, S.A. se reúna con carácter urgente el martes por la tarde y voy a pedir tu dimisión.

–No dimitiré –dijo Zach.

–Entonces pediré que te quiten de donde estás. Como defensor de los valores familiares, no puedo aprobar lo que estás haciendo en *Metropolitan*.

–¿Valores familiares? –repitió Chelsea mientras se erguía–. ¿Cómo puede decir que defiende los valores familiares cuando no le importa darle una puñalada en la espalda a su propio hermano?

Jerry la miró y arrugó el entrecejo.

–No pienso permitir que me sermonee una mujer que escribe artículos sobre hombres de ensueño y faldas que atraen al sexo opuesto... –su voz se fue apagando al tiempo que bajaba la vista para fijarla en la prenda en cuestión–. O que se pasea con algo que...

Chelsea notó que se ponía colorado y que había empezado a balbucear.

–Con algo que... demuestra su disponibilidad... Oh, Dios mío... Yo... –aspiró hondo y apartó la vista de la falda para mirarla a los ojos–. Quiero decir, la falda...

–Olvídese de la falda. Solo deje que Zach se explique.

Jerry retrocedió unos pasos, pero Chelsea lo siguió.

–Su hermano le dirá que no ha tenido nada que ver con mis artículos, ni tampoco con mi aparición en *Buenos Días, Nueva York*. Incluso intentó ofrecerme dinero para que rompiera el contrato.

–Pero no lo hizo, y teniendo en cuenta lo que he visto hará unos minutos y lo que estoy viendo ahora... –Jerry retrocedió hasta la puerta, agarró el pomo y la abrió–. Está bastante claro por qué.

–Espere...

Lo único que le impidió seguirlo fue que Zach la agarró del brazo.

–No servirá de nada –le dijo mientras cerraba la puerta.

–¡Caramba! No me extraña que me dijeras que eras hijo único. Si yo tuviera un hermano así, también renegaría de él.

Zach la miró un instante, y entonces echó la cabeza para atrás y empezó a reírse. El sonido era tan contagioso que Chelsea no pudo evitar hacer lo mismo.

–¿Has visto cómo se quedó mirándote la falda?

–¿Como si fuera a morderlo? –sugirió antes de echarse de nuevo a reír–. Deberías ir tras de él, hacer que te escuche. Cambiará de opinión en cuanto entienda lo que quieres hacer con *Metropolitan.*

Zach sacudió la cabeza y se puso serio.

–No servirá de nada. Jerry tiene sus propios planes y yo lo estorbo. Este lío de la falda y del programa le ha dado la excusa perfecta para librarse de mí.

Chelsea le puso la mano en el brazo.

–No puedes permitírselo. Sin duda habrá algo que puedas hacer –nada más decirlo, se le ocurrió algo que lo hizo sonreír–. Ya sé. Podrías aceptar esa invitación para asistir a *Buenos Días, Nueva York.* Así podrías explicarle a todo el mundo lo que quieres hacer con la revista.

Zach la miró detenidamente durante unos segundos. En parte quería creer que Chelsea Brockway también tenía sus propios planes. Si salía en el programa de la mañana, sus artículos llamarían más la atención y obtendría más popularidad.

Pero por otra parte, dudaba que pudiera tener un plan tan organizado y estructurado. Había en ella una honestidad que saltaba a la vista; y en parte era por esa razón que sus artículos resultaban tan interesantes. Además, la preocupación que vio reflejada en su mirada no era una mentira. De eso estaba seguro. Tan seguro como de los sentimientos que su preocupación provocaban en él.

No recordaba la última vez que alguien lo había defendido frente a un miembro de su familia. Ni siquiera Miranda había tenido el coraje de enfrentarse a su padre cuando vivía.

Y no era la primera vez que Chelsea se metía entre él y alguien que quisiera darle un puñetazo.

–Vas a tener que dejar de hacer eso.

–¿El qué?

–Meterte en medio cuando alguien pretenda darme un golpe.

–Es una costumbre que tengo de toda la vida. Tenía que cuidar de mis tres hermanos todos los días después del colegio. Separarlos era normalmente la opción más eficaz.

–¿Normalmente?

Ella sonrió.

–Bueno, una vez calculé mal y me rompieron una costilla. El médico dijo que tuve suerte de que no me partieran la nariz.

Instintivamente, Zach le tocó suavemente la nariz.

–Eso habría sido una verdadera pena.

Tocarla fue un error. El breve contacto le hizo desearla con mayor intensidad. No pareció poder evitar que sus dedos trazaran la curva de su mejilla, o que después descendieran hasta sentir el pulso en la base del cuello. Ella lo miraba con los ojos muy abiertos, sin pestañear. Zach notó que mientras lo miraba, sus ojos se oscurecieron. Tenía los labios ligeramente separados, húmedos. Solo tenía que inclinarse y salvar la corta distancia entre ellos para saborearla de nuevo. Vio que ella aspiraba hondo y soltaba el aire temblorosamente. Fue un sonido de capitulación, y Zach sintió el deseo aguijoneándolo dulcemente y sin tregua.

Cuánto deseaba desnudarla allí mismo, acariciarla sin parar, muy despacio, moldeando las manos sobre su piel... Ninguna mujer le había hecho sentir nada parecido en su vida. ¿Qué tenía ella? Debería estar pensando en algún modo de evitar que su hermano pusiera al consejo de administración de la empresa en contra de él, en lugar de estar soñando con lo que sentiría haciendo el amor con Chelsea Brockway en el despacho de su padre.

No. Era su despacho, se dijo Zach. Y podría perderlo si no tenía cuidado. La mujer que tenía delante era una amenaza a su sueño. En realidad, debería estar pensando en el modo de conseguir que desapareciera de su vida.

–Esto tiene que parar –dijo Zach.

–¿Mmm?

El hecho de que ella estuviera mirándolo con tanta intensidad mermó su empeño.

–Te deseo, Chelsea Brockway.

Por fin se había atrevido a decirlo en voz alta. Tal vez pudiera entonces hacer acopio de sentido común y tratar el problema. ¿Había tantas desventajas si iniciaba una relación con ella? ¿Acaso no las había ya repasado todas? Intentó pensar en ellas, pero si se le ocurría volver a mirarla a los ojos...

Zach se metió las manos en los bolsillos y se apartó de ella.

Chelsea pestañeó y también retrocedió un paso.

–Es la falda.

Zach entrecerró los ojos.

–¿De qué estás hablando?

–Acabas de decirme que me deseas. Yo también te deseo. Hace un momento, cuando me tocaste, yo... yo... Tiene que ser la falda.

–No lo dirás en serio.

–¿Qué otra explicación puede haber?

–Química. Lujuria. Eres una mujer deseable. Yo soy un hombre.

–Al principio no quería creerlo, pero debes reconocer que tiene un efecto muy extraño en la mayor parte de los hombres que se cruzan en mi camino... incluido tu hermano. Por un momento pensé que le iba a dar un ataque.

–Mi hermano es un tipo algo acartonado, pero no está muerto. Cuando una lleva una falda medio trasparente, sin duda tiene un efecto concreto en los hombres.

Chelsea se agachó y levantó el dobladillo de la falda.

–¿De qué estás hablando? Esta tela no se trasparenta. Mira. Ni siquiera se me ven los dedos a través.

Era cierto. Zach estaba a punto de decirle que la falda se clareaba cuando le daba la luz por detrás, pero en cuanto ella tocó la falda, Zach percibió de nuevo su aroma.

«No la dejarás escapar... ».

Zach ahuyentó aquel pensamiento de su mente.

–Esta conversación es completamente ridícula. Lo que siento, lo que sentimos, nada tiene que ver con una falda que una mujer de una isla le vendió con engaños a una amiga tuya. Y tiene todo que ver con el hecho de que nos deseamos mutuamente, y tenemos que decidir qué vamos a hacer al respecto.

Los dos permanecieron en silencio un momento. Él ni siquiera la estaba tocando. En realidad, estaba a más de medio metro de distancia. Pero sabía exactamente lo que quería hacer. Las ganas de avanzar fueron tan fuertes que tuvo que apretar los puños para no hacerlo.

No podría decir el rato que pasó allí conteniéndose antes de que el estridente timbre del intercomunicador lo liberara de su dilema.

Chelsea soltó el aire que había estado aguantando en cuanto Zach se apartó de ella y fue a apretar el botón del aparato que había sobre su mesa.

–¿Qué pasa?

–Es tu tía –la voz clara y fina de la señorita Parker

llenó el despacho–. Está aquí mismo a mi mesa, e insistió en que lo llamara, aunque le he dicho que está en una reunión y que no quiere que lo interrumpan.

–Mi tía Miranda siempre puede interrumpirme –dijo Zach con una sonrisa en los labios.

Chelsea se apartó de la puerta en el mismo momento en que esta se abrió y una mujer alta con un traje verde brillante entró en el despacho. Apenas tuvo tiempo para fijarse en que era la misma mujer con quien lo había visto en el restaurante aquel primer día. Zach se adelantó y abrazó a su tía.

Al verlos juntos, a Chelsea no se le pasó por alto el enorme parecido que había entre los dos. Cuando Miranda se apartó de su sobrino y le sonrió, Chelsea decidió que aquella mujer le caía bien.

–Lo que le has dicho a la señorita Parker ha sido lo mejor –dijo Miranda–. Ya tengo una razón más para añadir a mi lista de razones de por qué eres mi sobrino favorito y no Jerry.

–Supongo por lo que dices que te has encontrado con mi encantador hermano –murmuró Zach.

Miranda dejó de sonreír.

–¿Estuvo aquí?

–Acaba de irse.

Miranda empezó a dar golpecitos en el suelo con un pie.

–Es un hombre afortunado. De haber estado yo aquí tal vez me hubieran entrado ganas de estrangularlo. Nada más llegar a casa del gimnasio empecé a recibir llamadas de los miembros del consejo de administración exigiéndome que convocara una reunión urgente. Jerry los tiene a todos revolucionados por la aparición de la señorita Brockway en *Buenos Días, Nueva York*. Les dije que como muy pronto convocaría una reunión para el martes por la tarde. Para entonces ya se habrán calmado. Y espero que para entonces se me hayan pasado las ganas de hacerle daño a Jerry.

Zach sonrió.

–Te comprendo perfectamente cuando se trata de Jerry, pero es a mí a quien quiere echar de la ciudad, no a ti.

–Es a «mí» a quien ha engañado. Cuando le dije que te iba a dar el mando de la revista, me juró que te ayudaría, que no ejercería presión sobre los miembros del consejo a mis espaldas.

–Jerry dice que me apoyó, pero que yo lo he estropeado todo.

Miranda emitió un resoplido poco propio de una dama.

–¿En menos de una semana? No, solo me siguió la corriente. En cuando ha visto la oportunidad para echarte de la revista y darse publicidad como defensor de los valores familiares, lo ha utilizado. ¡Sé cuando alguien me engaña, y no lo tolero!

–¿Tanto poder tiene con el consejo?

Miranda frunció el ceño.

–Sí. Jerry es un político excelente. Sabe cómo llevar a los miembros del consejo. Pero en este caso, ha sobrestimado a su oposición. Yo también soy buen político. ¡Y, además, tengo un plan!

–No lo dudaba.

–Primero debes ir a *Buenos Días, Nueva York* el martes por la mañana.

Zach levantó las manos.

–¡Eh! ¡Espera un momento! No tengo intención de ir a ese programa.

Miranda le dio unos golpecitos en el pecho con el índice.

–Tienes que hacerlo. Es una oportunidad única para dejar claro a todo el mundo la dirección que quieres darle a la revista. Será el momento ideal; justo antes de la reunión del consejo. ¿Además, qué mensaje quieres que oiga todo el mundo? ¿El tuyo o el de Jerry?

–No me gusta.

–Piénsalo así. A tu hermano le va a gustar menos aún. Mientras tanto, voy a manipular el reparto de asientos en mi fiesta de mañana de modo que algunos miembros del consejo estén en mi mesa. Eso les dará la oportunidad de conocerte un poco mejor. Y quiero que me des el número de teléfono de la señorita Brockway, para convencerla de que lleve esa falda.

–¿Por qué no se lo pides ahora? –Zach tomó a su tía de la mano y le dio la vuelta para que pudiera ver a Chelsea–. Tía Miranda, te presento a Chelsea Brockway.

Miranda avanzó y le tendió la mano.

–¡Oh, perdona, querida! Ni siquiera te había visto. Tenía tantas ganas de conocerte. Por favor, dime que no he dicho nada terriblemente indiscreto.

Chelsea le devolvió la sonrisa mientras le daba la mano.

–¿Qué le parece si le prometo no repetir nada de lo que he oído?

Miranda miró a Zach.

–Me encanta –entonces se volvió hacia Chelsea–. Zach me ha dicho que vas a venir a mi fiesta de Navidad. Espero que te pongas, la falda. Estoy deseando verla.

–La tiene delante –dijo Chelsea.

Miranda la miró.

–¿Es esa?

Chelsea asintió.

–Pero parece tan... corriente. Quiero decir, es bonita... sencilla, versátil –según iba hablando, Miranda empezó a moverse alrededor de Chelsea–. Espera. ¿No es esta la misma falda que llevabas el otro día en el restaurante? ¿La que estaba toqueteando el camarero?

Chelsea asintió.

–Era mi compañero de piso, Daryl. Está estudiando diseño de moda y me la estaba prendiendo con celofán. Puso también unas grapas en la cintura.

–¿Grapas? ¡Qué buena idea!

–Aguantan bastante bien, excepto cuando echo a correr. Casi la perdí la otra noche cuando Zach y yo intentamos escapar de esos texanos en el bar.

–¿Los texanos del artículo? ¿Zach fue el hombre que te ayudó a escapar de ellos? –preguntó Miranda, volviéndose hacia su sobrino.

–Exactamente –dijo Chelsea–. De no haber sido por él, esta falda me habría buscado la ruina. No habría podido apartarme lo suficientemente rápido de ese coche. Estuvo a punto de atropellarnos.

–¡El coche! –dijo Zach, que fue hacia la mesa con el ceño fruncido–. Me había olvidado de eso.

Miranda arqueó las cejas.

–Esta falda debe tener poderes mágicos si te hace olvidar que han estado a punto de atropellarte.

Zach sacó el mensaje del sobre blanco.

–Esto estaba en el correo de esta mañana.

Deje de imprimir basura. Aquellos que hagan proselitismo del sexo morirán. El del lunes por la noche solo fue un aviso.

–No se me había ocurrido hasta ahora, pero el que haya escrito esto podría estar refiriéndose a ese coche.

Chelsea se quedó mirándolo mientras Miranda avanzaba para leer el papel que Zach tenía en la mano. Respiró hondo un par de veces. De camino al despacho de Zach, se había logrado convencer a sí misma de que Daryl estaba exagerando. Durante toda la semana no había querido pensar en los mensajes. Y no quería hablar de ellos. Cuando uno hablaba de las cosas, estas se volvían más reales, más peligrosas. Pero si también estaban amenazando a Zach...

–Alguien lleva toda la semana dejándome mensajes como ese en el contestador de mi teléfono.

–¿Qué?

Zach y su tía se volvieron a mirarla al mismo tiempo.

–Todas las noches, desde el lunes por la noche.

–¿Te han estado amenazando y no pensabas decírmelo? –le preguntó Zach.

–Pensé que sería solo un loco.

Zach no dijo nada en ese momento, pero la rabia en su mirada era evidente. Por culpa de sus artículos alguien lo estaba amenazando y un coche había estado a punto de atropellarlo.

–Mira, siento no haberte dicho antes lo de las llamadas. No pensé que... –levantó una mano y la dejó caer al momento–. Y siento que te estoy causando problemas con tu familia y el consejo de administración de la empresa. Tal vez sería mejor si no escribiera más artículos sobre la falda.

Por un momento se produjo un silencio total. Miranda la miraba fijamente. Zach entrecerró los ojos.

–¿Qué estás diciendo exactamente? –le preguntó él.

Chelsea se pasó la lengua por los labios.

–¿Por qué no rompes mi contrato y ya está?

–No –dijo Zach con finalidad.

Le tocó a ella quedarse sorprendida.

–Pero si tú... no quieres publicarlos. El lunes me ofreciste dinero a cambio de no escribirlos.

Zach agitó la carta que tenía en la mano.

–¿Qué clase de editor sería si dejara que alguien dictara lo que puedo o no puedo imprimir por medio de amenazas? No. Tú vas a escribir los artículos y yo a publicarlos.

–Pero podrías correr peligro –comentó Chelsea.

–Y tú también. Tendremos cuidado. Te pondré un guardaespaldas.

–Me parece que lo necesitáis los dos –dijo Miranda abriendo el bolso–. Tengo la tarjeta de la empresa de seguridad que he llamado para mi fiesta. Son excelentes, y podrían investigar quién está detrás de las amenazas.

Zach se metió la tarjeta en el bolsillo, pero no dejó de mirar a Chelsea.

–Le pediré a la señorita Parker que se ocupe de ello.

Chelsea se levantó del asiento.

–No se trata solo de las amenazas. Podrían echarte de tu puesto.

–Señor McDaniels.

Zach miró a espaldas de Chelsea y ella se volvió hacia la puerta. Su secretaria estaba a la puerta.

–¿Qué quiere? –soltó Zach con impaciencia.

–Lo siento. Sé que me pidió que no lo interrumpiera, y no quería volverlo a llamar por el interfono. Pero acaba de llamarme la señorita Sinclair. Hace veinte minutos que debería haber ido a una reunión que tiene con los empleados. Dice que es muy importante que vaya enseguida. Hay un problema.

Zach miró a su tía.

–Me apuesto a que Jerry no solo ha estado presionando a los miembros del consejo.

–¿Quieres que vaya contigo? –le preguntó Miranda.

–Me las apañaré con ellos.

–Diles que he roto mi contrato –le dijo Chelsea.

–Eso ya lo hemos dejado bien claro. No quiero que te vayas hasta que la señorita Parker hable con la empresa de seguridad.

Chelsea abrió la boca para discutir cuando Miranda dijo:

–Tengo un idea mejor. ¿Por qué no me llevo a Chelsea a comer mientras tú vas a esa reunión? Así hacemos tiempo hasta que llegue su guardaespaldas.

–Gracias –Zach le dio a su tía un abrazo y entonces se volvió hacia Chelsea–. Aún no hemos terminado.

Oh, desde luego que sí, se prometió Chelsea para sus adentros. En cuanto pudiera librarse de Miranda McDaniels, se aseguraría de que la falda no volvía a ejercer ningún efecto sobre Zach.

Capítulo Ocho

Escapar. Chelsea no se había dado cuenta de las ganas que había tenido de hacerlo hasta que no vio arrancar el taxi de Miranda. Le había costado un poco, pero finalmente había convencido a Miranda McDaniels de que estaba agotada después de levantarse a las cuatro de la madrugada para ir al programa de televisión, y de que estaría totalmente a salvo en casa.

Por supuesto, había tenido que evitar darle demasiadas explicaciones sobre el sistema de seguridad de su edificio, que tenía intercomunicadores pero no un portero en sí. Pero ningún inquilino había sufrido ningún robo desde que ella y sus compañeros de piso habían alquilado el apartamento hacía seis meses.

Cuando el taxi de Miranda desapareció por la esquina, Chelsea se volvió hacia el edificio. Y no se trataba de que no hubiera disfrutado comiendo en la Taberna del Parque. ¿Cuántas veces había soñado con comer ahí cuando gozara de mejor posición? El conocido restaurante, con su situación privilegiada en medio de Central Park contrastaba con la vieja fachada de su edificio de apartamentos. Solo de mirar los gastados ladrillos y las ruinosas escaleras de la entrada se sintió un poco como Cenicienta al regresar de la fiesta.

Una analogía perfecta, pensó mientras una ráfaga de viento helado le cortaba las mejillas. Mejor sería que no olvidara que habría una medianoche a tener en cuenta en lo referente a la falda.

Frunció el ceño mientras se metía la mano en el bolsillo para sacar la llave. Miranda se había convencido de que la falda había obrado sus poderes mágicos en el restaurante. Varios hombres se habían pasado por su mesa. Aunque le había presentado a cada uno de ellos, había perdido la cuenta de los nombres... excepto de uno.

Miranda había hecho hincapié diciéndole que Harrison Marsh era miembro del consejo de administración de McDaniels, S.A. Después lo había invitado a que tomara el postre con ellas. El señor Marsh, un hombre alto de pelo plateado y perilla, tenía un rostro tan impasible como las presidenciales tallas del Monte Rushmore.

Mientras tomaba pensativamente una taza de café expreso, Chelsea había hecho lo posible por explicar su aparición en el programa de televisión y lo que era la falda. Le aseguró que Zach no había planeado publicar sus artículos para empezar, y que Esme Sinclair le había ofrecido el contrato, que por otra parte Zach le había intentado comprar.

Chelsea metió la llave en la cerradura mientras pensaba en la conversación, tal y como había hecho desde que el hombre le había dicho que estaría encantado de compartir mesa con ella en la fiesta de Navidad de Miranda. Podría haber dicho tantas cosas más. Debería haber dicho muchas cosas más. Cuanto más lo pensaba, más convencida estaba de que había metido la pata.

De poco había servido que Miranda se había mostrado casi jubilosa, diciendo que jamás había visto al seco del señor Marsh tan encantado. Chelsea se estremeció y empujó la puerta, accediendo al caldeado vestíbulo.

Después de abrir el buzón del correo, Chelsea fue hacia el ascensor. Tiró a una papelera unas hojas de propaganda. Dos de los sobres que quedaban eran facturas, y el tercero una carta dirigida a ella. La abrió y se metió en la cabina del ascensor. Iba ya subiendo cuando comprendió el significado de las letras recortadas y pegadas sobre un papel blanco.

Deje de hacer proselitismo del sexo. Este es su último aviso.

En principio sintió miedo, un miedo terrible. Pero mientras miraba detenidamente la nota, algo empezó a sustituir al miedo, algo que le salió de dentro con fuerza.

No pensaba huir de alguien tan cobarde que ni siquiera podía firmar los mensajes.

Cuando llegó a la puerta de su apartamento, dispuesta a meter la llave en la cerradura, vio que esta no estaba cerrada del todo. En un primer momento pensó que Ramón se habría marchado a trabajar con prisas. Entonces notó que parte del marco de la puerta estaba astillado, y el miedo que sintió le paralizó la garganta y los pulmones, de modo que apenas podía respirar. A pesar de los ensordecedores latidos de su corazón, le pareció oír un ruido al otro lado de la puerta, como si chirriara el suelo de madera.

El pánico se apoderó de ella totalmente. Sin duda alguna alguien la estaba esperando en su apartamento. Lo sabía. No eran ni Daryl ni Ramón. Ellos estarían a esas horas en el restaurante. En ese momento oyó otro suave crujido y algo más... ¿Tal vez el roce de una tela contra la pared? En su mente imaginó a alguien pegado a la pared, avanzando lentamente por el estrecho pasillo hasta el pequeño vestíbulo.

Chelsea concentró toda su energía en retroceder un paso.

Quienquiera que fuera, debía de haber estado esperándola, al acecho, escuchando. Cualquiera oiría el ascensor subiendo los cinco pisos. Después debió de haberla oído sacando las llaves.

En ese momento debía de estar preguntándose por qué no estaba ya abriendo la puerta.

Para romper el silencio, tintineó de nuevo el llavero mientras retrocedía cuidadosamente. Pasito a pasito, se dijo para sus adentros. Otro paso y luego otro. Ella sabía hacerlo; lo había hecho cientos de veces cuando había jugado al escondite con sus hermanos.

Ni una sola vez la habían pillado.

Tres pasos más y llegaría a la puerta que separaba el descansillo de las escaleras. Chirriaría ruidosamente, y quienquiera que estuviera esperándola en su casa se daría cuenta de que ella lo sabía.

Chelsea se arriesgó a volver la cabeza. Las puertas del ascensor estaban cerradas, pero el botón del quinto seguía encendido. Pronunció una oración. El viejo ascensor era ruidoso y lento, pero llegaría a la planta baja con mayor rapidez que por las escaleras.

Fue lo que la animó a dar un salto hacia el ascensor y presionar el botón. Nada más abrirse las puertas, se coló rápidamente y después esperó una eternidad antes de que se cerraran de nuevo y el ascensor se pusiera en funcionamiento. De nuevo le pareció que pasaba mucho tiempo antes de llegar al vestíbulo. Una vez abajo, miró rápidamente a su alrededor y empujó las puertas dobles del portal por las que finalmente salió a la calle.

A la una, Zach finalmente salió de la reunión con sus empleados. No había ido bien. Todos habían visto o se habían enterado de la entrevista de Chelsea en *Buenos Días, Nueva York.* Y todos sabían que podían votar por su jefe con solo acceder a la página web del programa.

¿Cómo podía haber pensado que la reunión iría bien cuando todos sus empleados se preguntaban qué demonios estaba haciendo con su revista?

Esme se había mostrado, como siempre, impasible. Hal Davidson había señalado que *Metropolitan* estaba en peligro de ser clasificada como prensa amarilla. ¿Era aquella la dirección en la que pretendía llevarlos? Pero fue Bill Anderson el que le preguntó sin más rodeos si tenía la intención de dimitir en la reunión de emergencia del consejo del martes.

Su contestación negativa no había complacido a nadie.

Se había pasado la hora siguiente evitando más golpes. El negar que hubiera concertado la entrevista de Chelsea no los había aplacado en absoluto. Al contrario. Todos lo habían entendido como prueba del poco control que tenía sobre los asuntos de la revista.

La reunión había terminado con una nota amarga: parecía que tres publicistas fijos en la revista habían cancelado sus anuncios porque ya no querían seguir asociados con *Metropolitan*.

La única ventaja que veía era que nadie había dimitido aún. Probablemente no querían volver a casa sin empleo tres días antes de Navidad.

–Señor McDaniels.

Al pasar por el bebedero, la señorita Parker echó a andar a su lado.

–Lo siento, señor. Sabe, toda la oficina ha votado.

–¿Votado?

–En la web de la televisión neoyorquina. Queremos asegurarnos de que ganará. La última vez que lo comprobé, solo había unos cuantos votos negativos. Sabe... es emocionante estar trabajando para alguien que...

Zach frunció el ceño.

–¿Has arreglado algo con la empresa de seguridad?

Ella asintió mientras se sentaba a su mesa y le enseñaba las citas que tenía para esa semana.

–Tiene una reunión aquí con el señor Romano a las siete treinta de esta tarde. No ha podido recibirlo antes. Habría preferido esperar hasta después de Navidad, pero le dije que se trataba de un asunto muy urgente. Pensé que sería más conveniente que él viniera aquí puesto que usted trabaja hasta tarde.

–Bien. ¿Le ha asignado alguien a la señorita Brockway?

La señorita Parker sacudió la cabeza.

–Le dije que eso era lo que quería, pero dijo que lo organizaría después de hablar con usted.

Zach arrugó aún más el entrecejo. Aquello no le gustaba, en absoluto.

–¿Dónde está ahora la señorita Brockway? ¿Ha llamado mi tía?

–Oh, sí. Dijo que no se preocupara. Llevó a la señorita Brockway a su casa en taxi. Parece ser que su edificio tiene un sistema de seguridad de lo más moderno.

–Márqueme el número de la señorita Brockway, haga el favor –le pidió Zach.

El teléfono sonó cuando la señorita Parker se disponía a descolgarlo.

–Despacho de Zach McDaniels. Sí, señorita Brockway. Está aquí mismo.

Zach se puso al teléfono.

–Zach.

La nota de pánico en su voz hizo que se le encogiera el estómago.

–¿Chelsea, estás bien?

Si lo estaba llamando era porque estaba bien.

–Es mi apartamento. Alguien...

–¿Dónde estás?

–En una cafetería. Tuve miedo y eché a correr.

Él aspiró hondo. Se la imaginó entrando en su apartamento y...

–Bien. Estás a salvo –dijo en voz alta mientras intentaba tranquilizarse–. Cuéntame qué ha pasado.

–Había alguien en mi apartamento. Creo. La puerta estaba un poco entreabierta y el marco astillado. Me pareció oír un ruido. Entonces eché a correr.

–Chica lista –dijo Zach, callándose algunas imprecaciones que se le pasaron por la cabeza–. ¿Has llamado a la policía?

–No. No se me ocurrió. Te he llamado a ti.

Lo que sintió cuando Chelsea le dijo eso mitigó en parte el miedo.

–Debería haberlos llamado. Lo haré ahora mismo.

–No, yo me ocuparé de eso. Dime exactamente dónde estás –tomó el lápiz y el papel que la señorita Parker le pasó y apuntó la dirección.

–Voy a darte mi número de móvil y quiero que me llames ahora mismo a ese teléfono.

Nada más darle el número, Zach colgó y empezó a contar los segundos. Finalmente, su teléfono móvil empezó a sonar.

–¿Zach? –su voz sonó más fuerte esa vez.

Fue él el que le habló lleno de pánico.

–Voy para allá.

Había pensado que estaba preparada. Zach había insistido en que esperaran a que llegara la policía para entrar en el apartamento, de modo que tuvo bastante tiempo para armarse de valor y enfrentarse a lo que la esperaba detrás de la puerta.

Sin embargo, no se había imaginado aquello. Ante tal destrucción solo pudo asimilar algunos detalles; como por ejemplo que las galletas que Ramón había preparado con tanto esmero estaban desparramadas por todas partes, que el árbol de Navidad estaba tumbado, y que los adornos que Daryl llevaba años coleccionando hechos añicos y esparcidos por todo el salón.

–¿Quién ha podido hacer esto?

No se había dado cuenta del frío que tenía ni de la tensión que la comía por dentro hasta que Zach le dio un abrazo y sintió su calor. Solo entonces empezó a relajarse un poco. Se sentía tan bien entre sus brazos; le resultaba tan natural.

Puso la palma de la mano sobre el pecho de Zach. El rítmico latido de su corazón la ayudó también a relajarse. Lentamente, empezó a notar otras sensaciones. La presión de su mano al tiempo que se deslizaba por su espalda, la potencia de su cuerpo mientras la abrazaba con más fuerza. Y su aroma... Olía a... Olía a Zach. Se dijo para sus adentros que solo se permitiría a sí misma sentir todas esas cosas durante unos minutos.

Allí abrazada a Zach oyó a los dos detectives mientras pasaban de una habitación a otra; también al gerente del edificio hablando entre dientes mientras seguía a los policías por la casa. Sin embargo, Chelsea sintió como si un escudo invisible los protegiera a Zach y a ella. No era capaz de dar nombre a lo que sentía, pero estaba segura de que deseaba aferrarse a ello, fuera lo que fuera. Deseaba aferrarse a Zach.

–¿Tiene enemigos?

Por un momento no se movió. Fue Zach el que se apartó de ella y con cuidado le dio la vuelta para que contestara al fornido detective que se había dirigido a ella. Se presentó como detective Pérez.

–¿Chelsea? –Zach le dio un apretón en la mano.

–No. No tengo enemigos. Desde luego no conozco a nadie que pudiera hacer algo así. Al menos hasta ahora no lo había pensado.

–Piénselo –dijo mientras sacaba un bloc de notas y un lápiz del bolsillo del abrigo.

–Aquí nunca ha pasado nada así –dijo el gerente de los apartamentos, un hombre bajo y medio calvo que había pasado a la cocina a través del arco; se retorció las manos y le echó a Chelsea una mirada de acusación–. No ha habido ningún robo en este edificio en los últimos cinco años. Se lo digo en serio.

–¿Es eso cierto? –Zach dirigió su pregunta al detective.

–Podría ser –gruñó el hombre–. Este no es un vecindario donde haya un algo índice de criminalidad –miró con acusación al gerente–. Incluso un novato podría haber forzado la cerradura de esta puerta. El que lo haya hecho lo ha hecho muy mal.

–Este es un edificio seguro –contestó el gerente, retorciéndose de nuevo las manos–. Esto nunca ha pasado aquí.

–Sí, bueno, este lugar no es exactamente Fort Knox. No hace falta un experto en seguridad de alta tecnología para llamar al telefonillo de distintos apartamentos hasta que un cretino le deje pasar.

Chelsea sintió deseos de abrazar al regordete detective.

Pérez se agachó a levantar un billete de veinte dólares, y entonces Chelsea se dio cuenta de que la hucha de barro de Daryl estaba hecha añicos en el suelo.

–Quienquiera que fuera se olvidó de esto –dijo.

–Esto no ha ocurrido jamás –repitió el gerente.

–Bien –dijo el detective acercándose al gerente–. ¿Por qué no baja a llamar al dueño del apartamento? Querrá ponerse en contacto con su compañía de seguros, ¿no cree? –después de cerrar la puerta, se volvió hacia Chelsea–. No parece un robo, tampoco. Parece algo personal.

–Y se ve aún más personal en los dormitorios –dijo su compañera, que se acercó en ese momento. Chelsea supuso que la mujer detective tendría unos veintiséis años, e iba tan cuidadosamente vestida y atildada como arrugado su compañero.

–Han sacado la ropa de todos los armarios, pero solo han rajado la de mujer –dijo.

–¿Han rajado mi ropa? –preguntó Chelsea.

–¿Tiene idea de por qué alguien haría eso? –le preguntó la mujer.

–No. Ni siquiera sé quién lo ha hecho –contestó Chelsea.

–¿Es usted su novio? –Pérez dirigió su pregunta a Zach.

–No –contestó–. Soy su jefe.

–¿No están saliendo? –preguntó la mujer detective.

–Tenemos una cita mañana por la noche –contestó Zach.

–No es realmente una cita –se apresuró a decir Chelsea–. Vamos a ir a la fiesta de Navidad de su tía.

–De modo que no está saliendo con él, pero va a asistir a una fiesta con él mañana por la noche, ¿no?

–Algo así –contestó Zach en tono divertido.

Chelsea, por su parte, tuvo que morderse el labio para no sonreír. La situación no era como para reírse, pero el detective era como el personaje de un tebeo.

–¿De acuerdo, quién es entonces su novio? –preguntó el detective–. ¿Cómo se llama?

Chelsea miró a Zach y vio que la estaba mirando.

–No tengo novio, ahora no.

–De acuerdo. ¿Y cómo se llamaba entonces el último con quien salió? –preguntó Pérez.

–Boyd Carter.

Zach conocía a Boyd. Lo notó en cómo se puso tenso a su lado. Pérez también lo notó.

–¿Cómo conoce a ese tal Carter? –le preguntó a Zach.

–Su padre es miembro de la junta de directores.

El detective cerró su bloc.

–Interesante. No sé usted, señor McDaniels, pero quiero echarle un vistazo a los dormitorios.

Chelsea había dado dos pasos para seguirlos cuando el detective se volvió hacia ella.

–No creo que sea buena idea que vea esto, señorita Brockway. Pero nos sería de gran ayuda si pudiera contarle a la detective Gray sobre su relación con el señor Carter.

Un paso inteligente, pensaba Chelsea mientras observaba a Zach y al detective avanzar por el pasillo. Así podrían interrogarlos separadamente.

Y a ella, desde luego, no le apetecía nada.

Zach siguió al detective Pérez por el corto pasillo hasta el primer dormitorio. Lo habían revuelto todo, al igual que en el salón. La puerta del ropero estaba abierta y la ropa tirada por todas partes. Había una silla volcada y una lámpara rota. Los daños parecían esporádicos, como si un niño se hubiera dejado llevar por una rabieta.

Pero cuando entraron en el dormitorio siguiente, Zach se quedó a la puerta y sintió una rabia que le dejó en el sitio.

El colchón había sido levantado de la cama y no quedaba ni una prenda de ropa que pudiera identificarse. Tan solo pedazos de encaje, de seda, de algodón... Si Chelsea hubiera estado allí... Si hubiera entrado en el apartamento en lugar de echar a correr... Lo que se le pasó por la cabeza hizo que se le revolviera el estómago.

–Hábleme de Boyd Carter –dijo Pérez.

–¿Cree que hizo esto?

–Yo no creo nada todavía. Mi trabajo consiste en comprobar las posibilidades.

Posibilidades. Zach le dio vueltas a las distintas posibilidades mientras paseaba la mirada por el dormitorio. Entonces vio las palabras escritas en el espejo y sintió náuseas.

Deje de hacer proselitismo del sexo. Este es su último aviso.

Proselitismo. Jerry había utilizado esa palabra, pero él no... Zach apretó los puños y ahogó las tumultuosas sensaciones que experimentó, intentando controlarse. Su hermano lo odiaba, pero no habría hecho algo así. De haber sido él...

–No soy psicólogo, pero quienquiera que haya hecho esto podría ser víctima de su propia rabia, de sus propios celos –dijo Pérez–. Hay personas que reaccionan con mucha violencia cuando alguien que solía salir con ellos empieza a hacerlo con otra persona.

Zach se volvió hacia el detective.

–¿Pero por qué iba Boyd Carter a estar celoso de mí? La señorita Brockway y yo no hemos tenido ninguna cita.

–Todavía no –Pérez lo miró con seriedad–. Vayamos al grano, McDaniels. Mi esposa es una seguidora fiel de *Buenos Días, Nueva York.* Normalmente lo tiene puesto mientras yo me tomo el café. Casualmente vi a la señorita Brockway cuando lo calificó a usted de hombre de ensueño. Si este tipo es celoso, tal vez haya pensado que su relación con la señorita Brockway es más que una relación de trabajo. ¿Me entiende?

–Sí –dijo Zach, y se metió las manos en los bolsillos–. Solo es que no pienso...

–Se supone que usted no debe pensar. Ese es mi trabajo. Solo dígame todo lo que sabe de ese tipo.

Lo que sabía era muy poco, pensó Zach mientras el detective cerraba su bloc un par de minutos después. El detective estaba molesto con él. Maldita sea, él también estaba molesto consigo mismo. Tan solo había visto a Boyd Carter en unas cuantas fiestas a las que su tía lo había arrastrado en los últimos años. La única razón por la que le sonaba el nombre era porque se había molestado en saber quién estaba en la junta de directores de McDaniels, S.A.

¿Podría ser Carter el novio loco y celoso que Pérez sospechaba? De ser así, ¿podría estar detrás de las notas y del fallido intento de atropello del lunes por la noche? ¿O podría ser Jerry... ?

–¿Tiene algún otro candidato en mente para el loco que ha hecho esto? –le preguntó Pérez.

Zach permaneció callado un momento. Entonces sacudió la cabeza.

–No se me ocurre nadie, pero si se me ocurre algo se lo diré.

–Hágalo, McDaniels. Mientras tanto, me figuro que va a vigilar a la señorita Brockway.

–De eso puede estar seguro –contestó Zach.

–No puedo quedarme contigo en tu apartamento –dijo Chelsea cuando el taxi se paró en un semáforo en rojo.

–Antes de hablar de eso, háblame de Boyd Carter.

Chelsea suspiró.

–Preferiría no hacerlo. Hablar de él me hace sentirme estúpida.

–Pérez cree que podría haber sido él quien arrasara tu apartamento.

Chelsea sacudió la cabeza.

–Le dije a la detective Gray que no fue Boyd. Yo no fui tan importante para él, la verdad.

El taxi arrancó.

–¿Dónde lo conociste?

Ella lo miró con exasperación.

–Vas a freírme a preguntas, ¿no?

–Hasta que me convenzas de que no fue Carter el que destrozó tu apartamento. ¿Dónde lo conociste?

–En el restaurante donde trabajan Daryl y Ramón. Yo solía servir mesas allí a tiempo parcial. Era encantador y atento. Supongo que uno debe ser así si necesita tener a muchas mujeres en su vida. Salimos durante tres meses antes de enterarme de que yo no era más que su juguete de a diario. Hará cosa de un año, más o menos por esta época, que Boyd me dijo que quería romper y que esperaba que no le guardara rencor. Entonces llevó a una de sus chicas de los fines de semana al restaurante, para que me quedara bien claro.

–El muy cerdo –dijo Zach.

–Estuvo bien cuando Daryl le vertió el vino tinto sobre la falda.

También estaba bien que Zach le hubiera dado la mano.

–Recuérdame que felicite a Daryl.

–Puedes borrar a Boyd de tu lista. Créeme, no ha vuelto a pensar en mí desde que me dejó. Nunca fui tan importante para él.

Cuando él no dijo nada, sino que se limitó a llevarse la mano de Chelsea a los labios, esta sintió un extraño revoloteo en el estómago. Era lo mismo que había sentido en el restaurante cuando Zach le había comentado a Daryl que ella se quedaría con él en su apartamento.

No era miedo. Ni tampoco nerviosismo, no. Estaba casi segura de que era simplemente emoción lo que hacía que se le acelerara el pulso cada vez que pensaba en estar a solas con Zach.

–En cuanto a lo de quedarme en tu apartamento... –hizo una pausa mientras el taxi giró a toda velocidad por una esquina de Central Park–. No es necesario. Mis compañeros de piso cuidarán de mí.

–Sí.

–¿Sí, qué?

–Sí, tienes dos compañeros de piso que pueden cuidar de ti. Pero no vuelven a casa hasta las dos de la madrugada. Le prometí al detective Pérez que me encargaría personalmente de cuidar de ti.

–No creo que ir a tu apartamento sea muy buena idea –insistió ella.

–Chelsea, te vas a quedar conmigo hasta que sepamos quién es el responsable de estas amenazas.

Fue júbilo lo que sintió nada más oírle decir esas palabras. Un júbilo salvaje y libre. Era ridículo, inconveniente, pero totalmente maravilloso.

–Ramón y Daryl también se van a quedar en mi casa hasta que el propietario arregle la cerradura y refuerce la seguridad.

Chelsea sintió una gran decepción.

–Se me ocurrió que te sentirías más cómoda, de modo que quedé con Daryl cuando pasamos por el restaurante. Tiene una llave.

–Piensas en todo.

En todo, menos en lo que ella pensaba. O deseaba.

Chelsea se miró en el pequeño espejo del cuarto de baño del despacho de Zach, y al estudiar su reflejo solo le confirmó lo que ya sabía. Tenía la nariz recta, los labios tirando a bonitos, el pelo revuelto y las facciones corrientes.

Nadie la tomaría por una belleza, y hasta ese momento no había aspirado serlo.

Su sueño era totalmente distinto.

Zach McDaniels estaba confundiéndola. Se dio la vuelta y fue hacia la ducha, pero entonces cambió de opinión y se dirigió hacia la puerta. Lo deseaba a pesar del hecho de que era un error estar con él.

Uno de los puntos a favor que tenía Zach era que era una persona decente. Tal vez habría preferido que Zach la hubiera llevado a ella sola a su apartamento, pero no podía negar que su voluntad de darle cobijo a sus compañeros de piso había sido un buen detalle por su parte.

Se paseó hasta la ducha y de vuelta a la puerta.

Un punto en contra era que Zach no parecía desearla como ella a él. Y era un punto muy importante.

En la media hora que había pasado desde que habían llegado a la oficina, había estado o bien hablando por teléfono, o bien sentado a la mesa de conferencias, totalmente absorto en la lectura de la maqueta del número siguiente. Parecía haberse olvidado totalmente de ella.

Chelsea se dio la vuelta y se miró otra vez al espejo. Toda su vida los hombres habían pasado de largo. Su padre había sido el primero, pero desde luego no el último. Boyd tan solo había sido el más reciente de una lista de hombres que también la habían olvidado.

Le dio la espalda al espejo y regresó a la puerta. No quería volver a acordarse de todos los demás. Le resultaba demasiado deprimente. En cuanto terminara aquel lío de las amenazas y sus artículos se hubieran imprimido y demás, Zach también la olvidaría.

A no ser que ella hiciera algo al respecto...

Se paró en seco y se miró la falda. ¿Podría utilizarla? Había veces en las que estaba segura de que había funcionado con Zach.

Tan solo recientemente no había sido así. ¿Estaría tal vez perdiendo su poder? Rápidamente se llevó la mano al estómago para calmar el pánico que sintió de pronto.

Tal vez las grapas y el celofán hubieran debilitado el poder de la falda.

Desabrochó el botón de la cinturilla, bajó la cremallera y se la quitó. Al levantarla, oyó que dos grapas caían al suelo de baldosa. Entonces, la colgó con cuidado en el toallero, le pasó la mano por encima y agarró el dobladillo entre los dedos.

Nada. El aspecto era el de una falda negra de lo más corriente. Se sentó sobre el retrete y la miró detenidamente. Hacía unas horas, le había preocupado que la falda estuviera funcionando demasiado bien con Zach, que él no se sintiera atraído a Chelsea por sí misma. En ese momento, le preocupaba que no estuviera funcionando en absoluto. De repente, la ironía de la situación se le antojó graciosa y empezó a reírse.

En ese momento llamaron a la puerta, y Chelsea tuvo que taparse la boca con la mano.

–¿Estás bien?

–Bien –consiguió decir–. Estoy bien.

Entonces cerró los labios con fuerza para ahogar otra risotada. Apretó un puño, se clavó los nudillos en la palma de la otra mano y empezó a respirar hondo. Tenía que controlarse.

Control. Se levantó del retrete. Eso era. Se dio la vuelta y empezó a pasearse otra vez. Zach no quería desearla, ni siquiera le gustaba lo que le estaba pasando. Chelsea solo tenía que encontrar el modo de echar abajo ese control que poseía él.

Frunció el ceño mientras estudiaba de nuevo la falda. Sin duda no podía haber perdido del todo su poder. Miranda le había jurado que había funcionado con Harrison Marsh. Tal vez hubiera un modo de revivir la energía de la falda. La quitó del toallero y la sacudió un poco. Pero cuando la acercó a la luz, siguió sin ver el brillo.

La luz de la luna, pensó de pronto. Tal vez esa fuera la clave. Cuando habían entrado en el edificio se había fijado que había luna llena.

En ese momento se cayó el último pedazo de celofán al suelo, y Chelsea se dio cuenta de una cosa. ¿Cómo demonios iba a conseguir que la falda se le sujetara?

Capítulo Nueve

Zach se acercó de nuevo a la puerta del cuarto de baño. Chelsea llevaba siglos ahí metida. Levantó la mano para llamar cuando oyó un ruido. ¿Un gemido, tal vez?

Llamó a la puerta.

–¿Chelsea?

–Estoy... bien.

No parecía estar bien. Parecía disgustada. Maldita sea, era lo más lógico en su situación. Cada vez que pensaba en lo que podría haberle ocurrido de haber entrado en su apartamento, de no haber tenido el sentido común para echar a correr, un miedo atroz le revolvía las entrañas. Cuando ya tenía la mano en el pomo de la puerta, Zach se contuvo.

Chelsea estaba a salvo, y eso era lo importante. Si estaba disgustada, o llorando, y él abría la puerta en ese momento, sabía que no podría contenerse, que iría directamente a abrazarla. Y en cuanto la tocara... no podría parar.

Se dio la vuelta y fue hacia la ventana, la más alejada de la puerta del baño. En el cielo claro brillaban las estrellas. Contó cinco grandes, una de ellas más brillante que las otras.

Entonces miró la luna, y vio que estaba llena.

«No la dejarás escapar», repitió en su pensamiento.

No quería dejar escapar a Chelsea. El pensamiento lo dejó muy sorprendido. Deseaba cuidarla y protegerla. En realidad, lo había deseado desde el día en que la había conocido.

Aspiró hondo y soltó el aire. Razón de más para

ceñirse a su plan de no tocar a Chelsea de nuevo hasta que quienquiera que le hubiera destrozado el apartamento estuviera entre rejas. ¿Cómo hacerlo cuando tal vez él fuera responsable de lo que había pasado?

Tal vez ella no creyera que Carter estaba detrás de todo ello, pero no se quedaría tranquilo hasta que no lo hubiera comprobado. ¿Y si hubiera sido su hermano?

Un repentino ruido proveniente del baño le hizo dar media vuelta y correr hasta allí. Giró el pomo, abrió la puerta y vio a Chelsea allí de pie, con la falda en la mano delante de ella y los ojos llenos de lágrimas.

–Chels...

Lo invadió un gran desconsuelo y fue hacia ella, pero en ese momento Chelsea se echó a reír.

–¿De qué te ríes? –le preguntó, dejando caer las manos e intentando tranquilizarse.

–Esto –sacudió la falda delante de ella y Zach oyó que caían dos grapas al suelo–. La magia de la falda ha quedado totalmente neutralizada. El reloj ha dado las doce y yo me he quedado en harapos.

Zach intentó dar sentido a las palabras de Chelsea, cuando ella colgó la falda sobre el toallero y a él se le quedó la garganta seca.

–No puedo ponerme la falda.

Intentó asentir, porque hablar no podía.

–Justo cuando tenía planes para ella.

–Claro.

Su mirada y su pensamiento estaban centrados en las piernas de Chelsea. La bonita americana apenas si le cubría la parte alta de los muslos; ya no le recordaba al uniforme de una colegiala.

–¿Tienes alguna sugerencia sobre lo que debería hacer?

A Zach se le ocurrían varias cosas, pero una de ellas imperaba sobre las demás. Sería tan sencillo separarle los muslos y eliminar las barreras. Entonces, cuando ella lo rodeara con sus piernas, él empezaría a moverse...

Zach sintió que le retumbaban los oídos; eran sus propias pulsaciones.

Lo que más deseaba era acercarse a ella y hacer realidad la fantasía que había ideado tantas veces en su mente.

Pero si lo hacía, su resolución quedaría destrozada. De modo que retrocedió un paso y se metió las manos en los bolsillos.

–Será mejor que vuelvas a ponerte la falda. Cuando estés decente, hablaremos.

¡Decente! Chelsea frunció el ceño y miró hacia la puerta del baño que Zach había cerrado al salir. De modo que eso pensaba él; que tenía que ponerse la falda para estar decente, y que después hablarían.

Miró la falda. Si se la ponía estaría sin duda bien decente; la falda le llegaría por media pierna, y esa no era precisamente la imagen que ella buscaba.

Sin embargo, si lo que quería era fastidiar los planes de Zach y sustituirlos por los suyos, iba a necesitar toda la ayuda posible. Y una falda que atraía a los hombres, aunque su poder se hubiera debilitado por las grapas y el celofán, no podía ser ignorada.

Agarró la falda, se la puso y se subió la cintura hasta el pecho. Entonces se abotonó cuidadosamente la americana por encima y se miró en el espejo de cuerpo entero que había en una de las paredes.

Lo malo era que parecía un cruce entre una vagabunda y la pequeña vendedora de fósforos.

Tal vez la falda no estuviera tan estropeada como parecía. Se puso de lado y se miró. O tal vez sí.

Al darse la vuelta para ir hacia la puerta, la falda empezó a resbalársele. De pronto se le ocurrió una idea. Tal vez pudiera encontrar un modo para que la falda le echara una mano, después de todo. Agarró el pomo de la puerta con una sonrisa en los labios. Con un poco de suerte, probablemente no la llevaría puesta mucho rato.

El despacho estaba a oscuras excepto por la luz que iluminaba tenuemente la mesa de conferencias. Le costó unos segundos localizar a Zach al pie de la ventana. Estaba de espaldas a ella, con una mano en la cintura y la otra agarrando el teléfono móvil. En lo alto del cielo, la deslumbrante luna llena iluminaba la ciudad.

–¿Qué quieres decir con que no puedes localizar a este... –Zach hizo una pausa y miró la tarjeta que tenía en la mano– Sam Romano?

Ni siquiera la estaba mirando, menos aún pensando en ella. Chelsea avanzó. La falda se resbaló un poco más.

–Sí, sé que se suponía que debía venir a verme al despacho a las siete y media, pero ha surgido algo... una emergencia –Zach suspiró–. ¿Es que no tiene un móvil o un busca donde puedas localizarlo? –se produjo un breve silencio antes de volver a hablar Zach–. Entiendo. Sí. Entonces espero verlo a las siete y media.

Chelsea se aclaró la voz.

–Ya estoy decente.

Solo porque la maldita falda se le había quedado fijada a la cintura.

Zach ni siquiera la miró. Apoyó un brazo sobre el cristal de la ventana y miró hacia la calle.

–Esperaba poder adelantar la cita con el responsable de seguridad. Así podría llevarte de vuelta a mi apartamento, y tú podrías descansar un poco.

–¿Y tú? –le preguntó Chelsea, acercándose un poco más a él.

–Tengo trabajo atrasado. Me quedaré aquí esta noche. El señor Romano te pondrá a alguien que te proteja las veinticuatro horas; de ese modo estarás segura.

Chelsea no dijo nada en un principio. El mensaje

de Zach estaba bastante claro. Se aseguraría de que ella estaba protegida, y no solo por él. Era el mismo mensaje que había recibido de su padre. Esa vez intentó ignorar la sensación de rechazo que sintió. Una niña no podía hacer cambiar de opinión a un padre reacio. Pero ella ya no era una niña. En esa ocasión, aunque no pudiera hacer cambiar de opinión a Zach, al menos se llevaría un recuerdo de esa noche.

Se llevó la mano izquierda a la falda, la agarró y pegó un tirón. Entonces repitió el mismo movimiento con la mano derecha. Zach parecía totalmente fascinado con la escena tras los cristales de la ventana. Mientras le daba otro tirón a la falda, siguió la dirección de su mirada.

Una fantasía navideña, pensó mientras miraba la escena vacacional que se estaba desarrollando en el Centro Rockefeller. El árbol brillaba, iluminado con cientos de luces mientras los patinadores se daban vueltas sobre la pista de hielo, moviéndose como un gigantesco arco iris.

–Para ser alguien que dice que no le gusta la Navidad, pareces fascinado.

Zach pestañeó. Lo cierto era que no había estado mirando la escena. Desde que ella se había acercado a él, no había podido dejar de mirar su reflejo en el cristal. Parecía tan pálida, como una criatura etérea a la luz de la luna. Alguien que no podía ser tocada o capturada. Pero la mujer que estaba a su lado era real. Podría tocarla, abrazarla. A pesar de su aguante, lo único en que podía pensar era en darse la vuelta y hacer precisamente eso. Pero apretó los puños y se metió las manos en el bolsillo.

–No me gusta la Navidad.

Chelsea empezó a desabrocharse los botones de la americana.

–¿Sabes lo que dicen?

Se la quitó y la dejó caer al suelo.

–¿El qué?

–Que la mejor manera de borrar un recuerdo desagradable es sustituirlo por uno nuevo –se soltó el botón de la cinturilla.

–¿Chelsea, qué estás haciendo?

Ella le echó una mirada. Era como un fuego verdoso, pensaba Zach mientras retrocedía hasta un extremo de la mesa.

–Por si te interesa, no lo estoy haciendo bien –dio un tirón de la cremallera–. Y esta falda no me está ayudando en absoluto. Se supone que debería atraerte como un imán, y el efecto que tiene en ti es como el de un repelente de insectos.

Tiró de nuevo de la cremallera. Zach retrocedió y sacudió un poco la cabeza.

–En realidad no quieres hacerlo.

–Oh, sí que lo quiero –dijo, apretando los dientes.

Esa vez, cuando tiró de la cremallera, esta se abrió.

Zach sacudió de nuevo la cabeza. Como si fuera una señal, la falda empezó a deslizársele despacio por las caderas.

Él se colocó detrás de una silla. Tenía la boca seca. Ella lo siguió.

–Esto podría ser un gran error.

–Sí, lo sé –dijo mientras le daba un último tirón a la falda y esta terminaba de bajarle por las piernas–. Pero lo que pasa con los errores es que nunca estás segura hasta que no los has cometido.

Chelsea continuó acercándose despacio a él, pero él ya no podía pensar.

–Soy yo –dijo al tiempo que le ponía las manos sobre el pecho–. ¿No me deseas?

–Chels, jamás he deseado más a nadie en mi vida. No quiero hacerte daño.

–¿Qué crees que he estado haciendo en el baño? Ya he pensado en todos los pros y los contras.

Le deslizó las manos por el cuello para deshacerle la corbata. Él sintió que le fallaban las piernas y se sentó en el borde de la mesa. Chelsea tiró lentamente de la corbata y la dejó a un lado. El gesto fue suficiente para que su voluntad empezara a flaquear.

–Me saltaré los puntos en contra. Había demasiados –dijo, y se puso de puntillas hasta que le rozó los labios–. Y solo hay un punto a favor. Este.

Fue suficiente. Más que suficiente, pensaba Zach mientras ella lo besaba y su sabor le inundaba los sentidos.

–Eres irresistible –murmuró él mientras finalmente levantaba las manos y la agarraba de las muñecas.

–¿De verdad?

Chelsea se soltó y empezó a desabrocharle los botones de la camisa, despacio, uno a uno. Le estaba ya quitando el cinturón cuando él la agarró de nuevo de las muñecas.

–Espero que no se atasque tu cremallera.

Él sonrió.

–No se atascará. Pero quiero ir despacio. No podré aguantarme si sigues tocándome.

Cuando ella lo miró a los ojos, vio en ellos un brillo de picardía.

–También está bien hacerlo deprisa. Además, siempre se puede hacer bien la segunda vez.

–Lo haré bien esta vez.

–¿Quieres apostar?

Su mirada expresaba cierto desafío, pero su tono de voz era suave y ronco. Por ello, Chelsea no intentó soltarse de él. Muy despacio, Zach le levantó la otra mano y le dio un beso en la palma.

–Chels, necesito saber si... ¿Tenemos protección?

–Estoy tomando la píldora.

Sin soltarle la mano, se inclinó hacia delante y le pegó los labios a la oreja.

–En ese caso, tal vez debería señalarte los puntos en contra de hacerlo rápido –dijo él.

–Podrías mostrármelos.

–Es todo fuego. No hay tiempo para la imaginación, para preguntarte dónde te acariciaré después.

Ella se estremeció y él se apartó un poco de ella. Zach le acarició la mejilla, y después le retiró un mechón de la cara.

–He esperado tanto para tocarte. No quiero apresurarme.

Le deslizó el dedo por el labio inferior. Estaba caliente y húmedo. Después le acarició el cuello despacio, sintiendo el pulso rápido y fuerte. De nuevo notó que se estremecía, y se contuvo para no dejarse llevar por la necesidad que amenazaba con brotar como el vapor de un geiser.

–Quiero que pienses en cómo va a ser –sin rozarla apenas, le desabrochó los botones de la camisa y se la quitó–. Imagina lo que vas a sentir cuando te bese aquí –deslizó la punta de un dedo por el borde de la camisola de encaje, y seguidamente le rozó un pezón–. Y aquí.

Cuando le apretó los labios en el cuello, Chelsea sintió que le temblaban las piernas. Entonces le rozó la clavícula con los dientes y ella sintió un escalofrío.

–¿Sabías que tienes la piel caliente?

–Mmm –fue la única respuesta que pudo darle.

La cabeza le pesaba, los hombros le caían sin fuerza mientras él le bajaba primero un tirante de la camisola y luego el otro. Cuando él le bajó la prenda hasta la cintura, Chelsea sintió un tremendo calor en la piel.

La realidad se volvió borrosa, dando paso a las imágenes que él le recreaba con sus palabras; palabras que le susurraba al oído, diciéndola dónde la acariciaría después, mientras cumplía sus promesas con las manos y la boca.

–Aquí –murmuró mientras resbalaba la mano por su piel desnuda hasta la cintura, y después más abajo.

Chelsea quería más. Las caricias de Zach se volvieron repentinamente más apasionadas, más urgentes al tiempo que le tocaba los muslos. Sintió la avidez en sus manos, en sus labios al besarla.

–Dime lo que quieres –le susurró Zach en los labios.

–A ti –consiguió decir ella–. Por favor.

Apenas fue consciente del roce de la alfombra en su espalda, aunque no tenía ni idea de que la hubiera tumbado en el suelo. Entonces él le metió la mano por debajo de las braguitas y con mucha delicadeza se las bajó.

–Pronto me tendrás –le prometió Zach.

El fuego que ardía en su interior, que tanto tiempo llevaba conteniendo, amenazaba con romper todas las barreras. Le costó mucho dominarlo, pero tenía que verle los ojos. Tenía que mirarla a la cara mientras le deslizaba los dedos entre los pliegues calientes de su feminidad.

Ella arqueó el cuerpo una y otra vez. Y con cada movimiento, el deseo de Zach se multiplicó. Había deseado verla así, atrapada en el placer que él podía darle. La deseaba a ella, y solo a ella.

«No la dejarás escapar... », pensó.

Las palabras se repitieron una y otra vez en su pensamiento mientras observaba cómo el placer teñía sus mejillas y nublaba su mirada.

Incapaz de soportarlo más, se tumbó sobre ella y entrelazó los dedos con los de ella. Así tan de cerca, la miró a los ojos y solo se vio a sí mismo, atrapado en un fuego verdoso. Por un instante no se movió. Jamás había deseado más a una mujer. Jamás había necesitado tanto a nadie. Incluso mientras se zambullía en su calor, se dio cuenta de que la empalizada que había levantado en el fondo de su corazón empezaba a desmoronarse. Entonces dejó de pensar. Solo era consciente de ella y de las sensaciones que su unión provocaban en él. Calor, luz, ligereza. Todas lo envolvieron al tiempo que se movían juntos, cada vez más deprisa, cada vez con mayor intensidad. Pero fue el sonido de su nombre en los labios de Chelsea lo que le hizo perder el control definitivamente. Sin poder evitarlo ya, Zach se fundió con ella.

Capítulo Diez

Pasado un rato, cuando fue capaz de respirar y de pensar, Zach rodó y se colocó junto a Chelsea y la abrazó con fuerza. Solo entonces se dio cuenta de que estaban tumbados medio debajo de la mesa. El despacho estaba silencioso, a oscuras. Sintió los latidos de su corazón sobre su pecho y el roce de su aliento sobre su piel cada vez que espiraba. Se le ocurrió que podría permanecer así con ella mucho rato.

No tenía ni idea si ella sentía lo mismo que él. Todo había ido tan deprisa entre ellos. Santo cielo, si solo la conocía desde hacía una semana. Ni siquiera habían salido juntos. Y le había hecho el amor en el suelo de su despacho, cosa que no correspondía con su estilo habitual.

–¿Qué piensas? –le preguntó él.

–Estaba pensando que aún no estoy segura.

–¿Segura de qué?

Ella se levantó un poco, apoyó los brazos sobre el pecho de Zach y lo miró a los ojos.

–No sé qué es mejor, si lenta y pausadamente o rápida y ardientemente.

Chelsea sonrió y Zach se echó a reír y la abrazó.

–Tal vez deberíamos volver a intentarlo.

–Era lo que yo había pensado.

Él le agarró la cara y se la inmovilizó con delicadeza para que ella lo mirara a los ojos.

–Lo haremos en cuanto me digas qué estabas pensando hace un momento antes de empezar a hablar.

Ella lo miró con detenimiento.

–Era una tontería, la verdad. Estaba pensando cómo me había imaginado a mí misma aquí sentada en esta silla, pero que nunca me había figurado que acabara casi debajo de ella, como lo estoy ahora.

–¿Te arrepientes?

Ella sonrió pausadamente.

–¿Estás de broma? Que yo recuerde, fue sobre todo idea mía. Me costó mucho seducirte, Zach. Soy yo la que debería preguntarse si tú te arrepientes.

–No.

–Buena respuesta. De otro modo, tal vez tendría que atacarte físicamente.

Él arqueó las cejas.

–¿De verdad?

Antes de poder impedírselo, ella lo agarró de la oreja y se la retorció.

–¡Ay!

–Eso es solo un ejemplo. Puedo hacerte mucho más daño.

Él le sonrió, pero cuando ella trató de quitarse de encima de él, Zach se lo impidió.

–Has dicho que te imaginabas sentada en esta silla. ¿Es que quieres dirigir *Metropolitan*?

–No. Quiero ser editora, como Esme Sinclair. Hace tiempo que la admiro, desde que empecé a querer escribir en revistas. Incluso fue a mi facultad una vez y estuvo hablando con todos los alumnos de último curso. Estaba sentada a esta mesa cuando vine la primera vez.

–Seguramente se vendría a este despacho mientras mi padre estuvo enfermo –miró la silla–. Es curioso que tanto tú como yo hemos deseado sentarnos en esa silla en particular. Tal vez tengamos más en común de lo que pensamos.

–Tú nunca te sientas en ella –dijo Chelsea.

–Por supuesto que sí.

–Yo nunca te he visto. Siempre estás sentado en el borde de tu mesa o a la mesa de conferencias. O de pie hablando por teléfono.

Tenía razón. Lo cierto era que evitaba sentarse en aquella silla.

–Hice llorar a mi madre la última vez que me senté ahí.

Nada más decirlo, se preguntó por qué lo había hecho. Nunca hablaba a nadie de su madre.

–¿Por qué le hiciste llorar? –le preguntó Chelsea.

Tal vez fuera su manera de mirarlo, pero Zach empezó a contarle lo que había pasado ese día cuando tenía cinco años y había utilizado el bolígrafo de su padre por error.

–Tú no le hiciste llorar. Fue tu padre al gritarte a ti por algo que no había sido culpa tuya –dijo Chelsea en tono práctico cuando él terminó de hablar.

Entonces, muy despacio, inclinó la cabeza y lo besó.

Fue distinto. Había en su beso una dulzura que Zach no había sentido antes.

Chelsea se apartó primero.

–Venga, tengo una idea.

Antes de poder impedírselo, se había apartado de él y puesto de pie. Estiró el brazo, le dio la mano y tiró de él.

–Se supone que un mal recuerdo se borra con uno bueno. ¿Has hecho alguna vez el amor en una silla?

–No lo dirás en serio.

–Totalmente. ¿Lo has hecho?

–Me acojo a la quinta enmienda.

–Ah. Eso quiere decir que sí, entonces.

–Chelsea... –empezó a decir.

–Es bueno que uno de los dos tenga experiencia, porque yo nunca... –se calló y miró la silla con el ceño fruncido–. Supongo que podríamos hacerlo en distintas posiciones.

–Se me ocurren varias. A ver si me aclaro. ¿Quieres que te haga el amor en esa silla?

–¡Vaya, me parece que por fin lo has pillado!

–Sí, a veces me cuesta un poco.

Cuando ella lo agarró de los brazos para empujarlo sobre la silla, él la levantó en brazos y la llevó con él. Una vez sentados, la agarró por las caderas y la colocó de modo que quedara sentada a horcajadas sobre él.

–Ah... –susurró mientras él la penetraba despacio–. Ah, ah...

–¿Era esto lo que tenías en mente, Chelsea?

–Mmm, es incluso mejor. Cuando lo pillas, se te da muy bien...

–Chels... –la abrazó y empezó a mordisquearle la oreja–. Si sigues haciéndome reír, tal vez no obtengas los resultados que buscas.

–Entonces me pondré seria –murmuró mientras él empezaba a besarla.

Se puso muy seria. Y él también.

–Eso es todo, Romano –dijo Zach y entonces se volvió hacia Chelsea–. A no ser que tú quieras añadir algo.

Chelsea sacudió la cabeza. Sam Romano, el director de los servicios de seguridad que Zach había contratado, estaba sentado frente a ella a la mesa de conferencias. El esbelto hombre de cabello oscuro y traje sastre no había parado de tomar notas desde que había llegado. Todo el tiempo, Chelsea estaba intentando dar con la razón de la tensión que se palpaba entre los dos hombres.

Tal vez fuera porque se parecían tanto. Ambos tenían el pelo negro y eran tremendamente apuestos. Los dos tenían encanto de sobra, aunque el de Sam Romano era mucho más patente: desde la risa que parecía continuamente presente en su mirada de ojos marrones, hasta su tono agradable y comunicativo. A Chelsea le dio la impresión de que todos sus clientes debían confiar en él, y si eran mujeres seguramente se enamorarían un poco de él desde el primer encuentro.

–Lo que necesito de su empresa es un guardaespaldas para Chelsea –dijo Zach.

Sam dejó de escribir un momento y levantó la vista del papel.

–Estoy de acuerdo. Empezaré a trabajar mañana mismo.

–¿Usted? –preguntó Zach con extrañeza–. Pensaba que su empresa tenía a gente especializada en protección a personas. Usted no parece un guardaespaldas.

Sam le sonrió.

–Por eso soy un buen guardaespaldas. Antes de empezar a trabajar en Seguridad Sterling, trabajé de investigador privado en la empresa de mi primo. Cuando hay un trabajo que requiere experiencia en la calle, Sterling suele dármelo a mí.

Zach continuó mirándolo con el ceño fruncido mientras estudiaba a Sam un momento. Entonces extendió el brazo y cubrió la mano de Chelsea con la suya.

–Mientras entienda que el bienestar de la señorita Brockway es muy importante para mí. Se quedará en mi apartamento hasta que este asunto se resuelva. ¿Nos entendemos o no?

–Le entiendo perfectamente. Entre nosotros, creo que podemos cuidar de la señorita Brockway. El problema es que tal vez ella no sea la única en peligro.

–¿Qué quiere decir? –preguntó Zach.

Sam ojeó las notas.

–El coche que mencionó... , el que estuvo a punto de atropellarlos junto al Centro Rockefeller. Les habría dado a los dos, ¿no? Y usted recibió una nota amenazadora recordándole el incidente. Esta persona bien podría guardarle rencor a usted, y la señorita Brockway ser nada más que un espectador inocente.

Chelsea intentó ignorar el pánico que le subió por la garganta, y entrelazó sus dedos con los de Zach.

–Sam tiene razón. Tú también necesitas un guardaespaldas.

–Tal vez no –Zach miró a Sam fijamente–. Le voy a contar algo que no le conté a la policía. Creo que tal vez sea mi hermano el que esté enviando las notas;

tal vez también esté detrás de las llamadas telefónicas. Quiere que abandone mi empleo en la revista. Pero no estoy en peligro. Tampoco creo que le hiciera daño a Chelsea. Solo querría asustarla.

–A no ser que estuviera sentado al volante de ese coche –dijo Sam–. Pero supongamos por un momento que no es su hermano. Según tengo entendido, acaba de ocupar el puesto de editor jefe de *Metropolitan*, y tiene intención de llevar a cabo bastantes cambios. Tal vez algunas personas resientan todo eso y quieran hundirlo.

–Sí, supongo que sí –Zach hizo una pausa y frunció el ceño–. Pero si es alguien de la revista que tenga algo en mi contra, ¿por qué pagarlo con la señorita Brockway? No veo la relación.

Sam se inclinó hacia delante.

–Usted le ha hecho un contrato. Si sus artículos favorecen a la revista, eso será un triunfo personal suyo, ¿no?

Zach asintió.

–Supongo.

–¿Quién querría en la revista verlo hundido? –preguntó Sam.

–Bill Anderson y Hal Davidson encabezarían la lista –dijo Zach–. Después puede añadir al resto de los empleados de la editorial.

Sam pasó una página en el bloc.

–Hábleme de ellos.

Cuando Zach terminó de hablar, Sam estaba muy pensativo.

–Los investigaré. Por estar casi en Navidad, la cosa irá un poco más lentamente.

–¿Tiene algún presentimiento?

Sam sacudió la cabeza.

–Es demasiado pronto. Podríamos tener dos cosas distintas aquí. Por una parte tenemos a algunas personas a las que les fastidia su nuevo puesto de editor jefe de *Metropolitan*. Algunas incluso quieren que abandone. Y hay otras personas a las que no les han gustado los artículos que la señorita Brockway está escribiendo para la revista, y quieren poner fin a eso.

–¿Está diciendo que tal vez haya más de una persona detrás de todo esto? –preguntó Chelsea.

–Bingo –contestó Sam–. O podría ser una sola persona... Digamos su ex novio. Si es el tipo de personaje que el detective Pérez tenía en mente –miró a Zach–. Lo investigaré también. Y también a su hermano.

Zach entrecerró los ojos.

–¿Cree que los dos podrían estar implicados?

–Lo que creo es que tenemos algunas piezas de un rompecabezas. No sabemos cómo encajan unas con otras hasta que consigamos más. Mientras tanto, creo que ustedes dos necesitan protección –pasó una página más de su cuaderno–. Como es fin de semana, me ayudaría si me dieran un itinerario de sus planes para estos dos días.

–Mañana voy a ir al Moma, a la pista de hielo del Centro Rockefeller y después...

–Vas a tener que cambiar de planes –dijo Zach, y se volvió hacia Sam–. Dígale que eso es muy peligroso.

Sam sonrió con facilidad mientras alzaba las dos manos.

–Tengo una regla, y es no inmiscuirme nunca en disputas domésticas.

Chelsea sintió ganas de darle un abrazo, pero se contentó con sonreírle.

–Muchas gracias, Sam –se volvió hacia Zach–. Estás empeñado en imprimir los artículos. Eso quiere decir que tengo que escribirlos. Cuanto antes lo haga, antes terminará todo.

Ella tenía razón, de modo que Zach se volvió a mirar a Sam.

–¿Podrá protegerla?

–Tengo un par de patines que no he utilizado desde hace unos años –dijo Sam–. Solía ser bastante competente sobre la pista de hielo. Si alguien está detrás de uno o de los dos, no vamos a atraerlos si se pasan el fin de semana encerrados en casa.

–Yo también iré a patinar –dijo Zach.

–Estupendo –Sam sonrió ampliamente–. Así será mucho más sencillo protegerlos a los dos.

–No puedes patinar conmigo –dijo Chelsea.

Zach siguió atándose los cordones de uno de los patines, y le contestó sin levantar la cabeza.

–Ya hemos hablado de esto en el taxi. No pienso dejarte salir a la pista sola.

En el taxi no habían dejado de discutir. Claro que discutir era mejor que el silencio que él parecía haber establecido desde que habían hecho el amor.

Desde el banco donde estaban sentados vio que la pista estaba llena con un público variopinto, desde niños a parejas mayores, de principiantes hasta algunos que daban piruetas propias de profesionales. También había hombres que patinaban sin pareja; esa era una buena señal.

La cuestión era si la falda tendría algún efecto en esos hombres.

A su lado, Zach murmuró algo entre dientes cuando se le rompió uno de los cordones.

Tal vez la pregunta más realista sería si el hombre que tenía a su lado le dejaría poner a prueba los poderes de la falda sin volver a interferir.

Chelsea se acercó a Zach y le dijo:

–Creo que debemos dejar claras algunas reglas básicas. Cuando salgas conmigo a la pista, debes mantenerte a distancia y dejar que la falda obre su poder. Nadie se acercará a mí si tú estás siempre a mi lado.

Cuando Zach se incorporó después de atarse el patín, Chelsea se dio cuenta de repente de lo cerca que estaban el uno del otro, de tal modo que sus labios casi se rozaban.

–Chels, vuelve conmigo al apartamento.

Sintió el calor de su aliento sobre sus labios. La

fría reserva que había visto en su mirada desde que habían salido de la oficina la noche anterior había desaparecido. En su lugar vio una mirada caliente, oscura y temeraria que consiguió que el pulso se le acelerara.

Él le acarició el cuello con sensualidad, y Chelsea pensó en ese momento que lo necesitaba, que lo deseaba, así de sencillo.

–Chels...

Parte de ella quería olvidar lo que habían ido a hacer y volver a casa de Zach. Incluso estaba dispuesta a olvidar el modo en que él la había rechazado la noche anterior.

–¿Qué me dices? Podríamos volver y pasar el resto del día...

Se acercó y le susurró el resto al oído. Cuando oyó lo que él le tenía reservado para el resto del día, empezó a sentir un curioso mareo. Zach estaba trasmitiéndole unas imágenes tan tentadoras, y sería tan fácil... Tenía que decir algo, cualquier cosa, antes de levantarse y marcharse con él.

–Perdonen. Es que...

Zach se dio la vuelta, pero no soltó a Chelsea.

–¿Qué quiere?

La mujer, una morena de aspecto nervioso junto a dos niñas pequeñas, retrocedió un poco al oír el tono de Zach.

–Quería utilizar el banco. Mis hijas y yo necesitamos ponernos los patines, y como he visto que tenían ya puestos los suyos...

–Por supuesto que pueden usar el banco –dijo Chelsea, y se puso de pie en cuanto notó que Zach la soltaba un poco.

Pero este tiró de ella y la sentó.

–Solo nos llevará un momento quitarnos los patines.

–Quitarnos los patines... –Chelsea sintió un estremecimiento, pero sabía que debía rechazarlo–. No, aún no podemos irnos. Tengo que patinar –terminó de hacerse la lazada–. Decidimos todo esto anoche con Sam y hace un rato en el taxi. Necesito este estudio para terminar los artículos. Cuanto antes lo haga, antes estaremos a salvo.

Chelsea se puso de pie, sonrió a la mujer y a sus dos hijas.

–Siento haberles hecho esperar.

Se alejó de él en un abrir y cerrar de ojos. Aunque a Zach le pareció difícil poder correr detrás de ella con los patines, la cosa se puso aún peor cuando entró en la pista de hielo. Inmediatamente empezó a tambalearse. Se agarró a la barandilla que rodeaba la pista, pero cuando por fin consiguió ponerse derecho había perdido de vista a Chelsea.

Intentó ahogar la sensación de pánico que se le formó en el estómago, y empezó a maldecir entre dientes mientras paseaba la mirada por los patinadores que se movían alrededor de la pista ovalada.

Entonces la vio al otro lado del recinto, patinando tranquilamente. Entre medias del alivio empezó a sentir cierta rabia, hacia ella y hacia sí mismo. Se recordó que allí estaba a salvo. Estaban en un lugar público, donde nadie intentaría hacerle nada. Pero nada de lo que se estaba sermoneando para sus adentros lo ayudó a serenarse.

Con el ceño fruncido observó a un patinador que había estado enloqueciendo al público junto a ella, y Zach tuvo que contenerse para no ir a darle un puñetazo en la cara al tipo.

Nadie lo había afectado tanto en su vida. Jamás había permitido que nadie resquebrajara el control del que tanto se preciaba. Hasta que había conocido a Chelsea.

Y no solo eran los estribos los que perdía cuando estaba con Chelsea, aunque eso ya era suficiente para meterle en líos. En realidad, no podía dejar de pensar en hacer el amor con ella.

Dios sabía que lo había intentado. Ante su insistencia, Chelsea había pasado la noche en su apartamento, pero él le había dado la habitación de invitados en lugar de invitarla a su cama. Lo había hecho para mantener la objetividad que le permitiría protegerla, pero también había querido demostrarse a sí mismo que era capaz de mantener las distancias entre ellos.

Eso lo había hecho, desde luego. Pero por otra parte, no había pegado ojo en toda la noche y encima le había hecho daño a Chelsea. Ella no le había dicho nada, pero Zach sabía que había sentido su reserva y que sin duda lo veía como un rechazo.

–Estupendo, McDaniels –murmuró para sí mientras ella pasaba junto a él sin ni siquiera mirarlo.

Tan solo el hecho de que aquel presuntuoso siguiera al lado de Chelsea lo tenía allí pegado a la barandilla. De cerca, el hombre parecía de lo más inofensivo, un adolescente que intentaba impresionar a una mujer; claro que tal vez el chico no se habría dado cuenta de que Chelsea era mayor que él. Ella misma parecía una adolescente, dando vueltas sobre el hielo con esa falda. Estaba mirándole la falda cuando ocurrió. El chico inició una pirueta y uno de sus patines golpeó la parte trasera del patín de Chelsea. En cuanto vio que caía hacia delante, Zach se apartó de la barandilla.

Nada más hacerlo perdió el equilibrio, pero en el último momento consiguió no caerse gracias a que empezó a mover los brazos como un loco. Pero de repente alguien lo golpeó por detrás y cayó irremediablemente de bruces sobre el hielo.

Capítulo Once

De repente Zach se vio tumbado en el hielo, con un gran peso presionándole la cara.

–¿Zach, estás bien?

Volvió la cabeza y vio primero la cara de Chelsea. Consiguió respirar hondo antes de que otro semblante bloqueara el de Chelsea. Era una cara regordeta, enmarcada por una melena corta de rizos rojizos, que sonreía de oreja a oreja.

–Ha sido un truco estupendo. ¿Me enseñará cómo lo ha hecho? –preguntó, y entonces se echó a reír.

–¿Quién eres tú? –preguntó Zach mientras se incorporaba.

El niño no tendría más de siete u ocho años.

–No me dejan hablar con extraños.

Zach se incorporó.

–Esta es mi amiga Chelsea, y yo soy Zach.

–Hola. Aquí vienen mis amigos.

Zach se volvió y vio a un chico con una cazadora roja que se tiró al hielo y se deslizó hasta ellos de rodillas. Después lo hizo otro de cazadora azul, que le golpeó en el hombro al anterior mientras otro con cazadora negra saltaba encima de ellos.

–Son Joey, Sid y Carl –dijo el pelirrojo–. Y yo soy Marty.

–Zach –dijo este dándoles la mano–. Y esta es mi amiga Chelsea.

–Ya la conocemos –dijo Marty–. Es la señorita de la falda que vimos en la tele ayer. Nos dio su autógrafo.

En ese momento otro niño se acercó a ellos.

–Son de un grupo de scouts infantiles –le explicó–. Ayer estaban visitando los estudios de televisión.

–¿Puedo tocar la falda? –preguntó Marty.

–Claro –contestó Chelsea.

El chico la agarró por el dobladillo.

–Es suave –y después se la llevó a la nariz–. Y huele a flores.

Inmediatamente, los otros tres niños empezaron a oler la falda.

–Estoy empezando a pensar que esta falda es peligrosa –dijo Zach mientras retiraba a los niños de la prenda–. Ya está, chicos. Un scout nunca debe oler la falda de una señorita.

–Lo siento –dijo una mujer rubia que llegó patinando hasta Chelsea–. Espero que no les estén molestando. Fue tan amable dándoles su autógrafo ayer. Marty, deja a la agradable señorita... –su voz se fue apagando cuando miró a Zach–. Oh, Dios mío. Usted es... –se volvió hacia Chelsea–. Es él, ¿verdad? El hombre de ensueño...

Entonces se dio la vuelta rápidamente y empezó a agitar la mano con frenesí.

–¡Mary! ¡Betany! ¡Venid aquí! ¡Es él!

A los pocos segundos, las mujeres habían cruzado la pista con la determinación de un participante olímpico. Y al momento habían levantado a Zach del suelo y llevado hasta la barandilla.

Chelsea miró a Zach y no pudo contener una sonrisa. Era dulce, pensó. Había visto una delicadeza en él con el pequeño Marty de la que no se había percatado antes. Y se estaba mostrando tan paciente con las mujeres. Sus miradas se encontraron, y Chelsea sintió una calidez totalmente distinta a los sentimientos que Zach había provocado antes en ella.

Fue en ese mismo momento cuando se dio cuenta de que estaba enamorada de Zach McDaniels.

Chelsea apartó la mirada de Zach y vio a Hal Davidson, el editor de asuntos políticos de *Metropolitan*, de pie junto a ella.

–¿Qué estás haciendo aquí, Hal?

Hal señaló sus patines.

–Lo mismo que tú. La pista de hielo es pública, solo que a mí no se me ocurrió invitar al jefe.

–Yo no lo invité –dijo–. Y no es lo que piensas. Estoy haciendo un estudio para mi artículo siguiente y el señor McDaniels insistió en acompañarme.

–¿El señor McDaniels? Sin duda os tuteareis ya, ¿no?

A pesar de estar en un lugar público y de que estaba totalmente a salvo, Chelsea sintió un escalofrío de aprensión por la espalda. El hecho de que Zach siguiera rodeado de las mamás de los scouts y de que no hubiera rastro de Sam Romano contribuyó a reforzar esa desagradable sensación.

–Normalmente es más cuidadoso y selectivo en cuanto a las mujeres con las que se relaciona.

Chelsea sintió que se ponía colorada, pero consiguió que no le temblara la voz al contestar.

–Como los dos hemos venido aquí a patinar, creo que eso es lo que deberíamos hacer.

Él le tomó del brazo cuando ella se adelantó para lanzarse a la pista.

–Escucha, no ha sido mi intención insultarte. Tú y yo somos tal para cual. Entre nosotros, me impresionó que consiguieras convencer a McDaniels para que cumpliera el contrato. E ir a *Buenos Días, Nueva York* fue una maniobra brillante por tu parte. Al menos lo pensaba hasta ayer por la tarde. Pero nos ha salido el tiro por la culata.

–No sé de qué estás hablando.

Hal frunció el ceño.

–¿McDaniels no te habló de la mala noticia que recibimos en la reunión de ayer? Tres publicistas fijos en la revista desde hace años han cancelado sus contratos con *Metropolitan*. No están de acuerdo con la dirección que la revista está tomando. Solo es cuestión de tiempo, de muy poco tiempo, hasta que tu jefe, y tal vez la revista, sean historia.

Chelsea alzó la barbilla.

–Yo no contaría con ello.

Hal le apretó un poco más el brazo.

–Oh, pues yo sí. Y si eres lista, tú también lo harás. Yo ya tengo una oferta de *Nueva York Actual*, y también te quieren a ti. Les dije que podría conseguirte. McDaniels debería estar más que contento de liberarte de ese contrato ahora que sabe que tus artículos serán la causa del fracaso de *Metropolitan*. Piénsatelo. Estarás en una posición mucho mejor si eres tú la que vas a ellos antes de que el nuevo editor jefe te eche.

Antes de poder contestar, Hal se había dado la vuelta y había desaparecido discretamente entre la multitud de patinadores que daban vueltas por la pista.

–¿Estás bien?

Chelsea sintió un gran alivio al ver a Sam a su lado.

–Estoy bien; mejor ahora que está aquí conmigo. Pero pensé que su plan era permanecer fuera de la pista.

–Eso cambió en cuanto usted se separó del señor McDaniels. ¿Quién era el tipo que acaba de marcharse?

–Hal Davidson. Es el editor de temas políticos de *Metropolitan*.

–Qué coincidencia que viniera a patinar precisamente hoy, ¿no le parece? –dijo Sam mientras seguía con la mirada a Hal, que en ese momento salía de la pista y se sentaba sobre un banco.

–No creo que haya sido una coincidencia –cuando terminó de contarle a Sam la oferta que le había hecho Davidson, Sam marcó un número en su teléfono móvil y le dio a alguien unas cuantas órdenes concisas.

–Sí, quiero que lo sigas. Que nos enteremos de a dónde va. Y llama a la oficina, para ver lo que tenemos de él hasta el momento.

–No cree que Hal podría estar detrás de todo lo que ha ocurrido, ¿verdad? –preguntó Chelsea.

–Aún no pienso nada –dijo Sam mientras se guardaba el móvil en un bolsillo–. Hace mucho tiempo aprendí a no sacar conclusiones hasta tener pruebas. Hablando de eso, me gustaría sacarla de esta pista. Debe de haber recopilado ya todos los datos que necesitaba.

–Hasta el momento, con tanta interrupción, no he conseguido nada.

–Debe de estar de broma. Los hombres no la han dejado en paz desde que salió a patinar. Primero ese danzarín que no dejaba de dar vueltas a su lado para impresionarla, después el grupo de los scouts.

Chelsea sacudió la cabeza.

–Son solo niños. Me vieron ayer en la tele y se quedaron fascinados; piensan que la falda tiene poderes especiales. A los niños de esa edad les encanta Merlín y las cosas de magia.

Sam se echó a reír.

–El oler la falda de una señorita es algo que a los hombres les gusta hacer a cualquier edad.

Chelsea lo miró.

–No lo había pensado así. Tal vez podría utilizarlo... –dejó de hablar al ver que Zach despedía a su última fan y se abría paso hacia ellos; al ver que empezaba a tambalearse, Chelsea frunció el ceño–. No sabe patinar.

–Sí. Esa es otra razón por la que decidí venirme a la pista con usted –dijo Sam.

–¿Y por qué no lo habrá dicho sin más? ¿Por qué insistió en salir conmigo?

–Ese hombre está loco por usted.

–No es cierto.

–Créame, le pasó lo mismo a mi antiguo compañero. Conozco las señales. Una de ellas es que uno empieza a hacer locuras...

Chelsea no oyó el resto de la frase de Sam porque tuvo que levantarse para ir a socorrer a Zach. Al llegar junto a él, le agarró de un brazo y se puso a su lado para que se lo echara por los hombros.

–¿Cómo se te ha ocurrido salir a la pista si no sabes patinar?

–Sé patinar. Mi madre me enseñó en esta misma pista. Es algo que no se olvida; como montar en bicicleta.

–¿Cuántos años tenías entonces?

–Cinco. ¿Qué más dará? Aprendí a patinar, solo lo tengo un poco olvidado.

–Si solo tenías cinco años, seguramente tus patines tendrían doble cuchilla. Por eso ahora te está costando tanto.

–¿Qué te estaba diciendo Hal Davidson? –preguntó Zach.

–Haremos un trato –dijo Chelsea–. Te lo contaré todo mientras te doy una clase de patinaje.

–No necesito... –empezó a decir Zach.

–No nos llevará nada de tiempo. Yo también empecé a patinar con doble cuchilla. Tan solo es una pequeña transición de esos patines a los de una sola –lo agarró de la mano y tiró de él–. Date impulso con el pie izquierdo, deslízate con el derecho. Entonces date impulso con el derecho, y deslízate con el izquierdo. Ya está.

Mientras completaban una vuelta entera de la pista, ella le contó la oferta de Hal, y Zach ni siquiera pensó en lo que iba haciendo con los pies. Simplemente lo hizo.

–Ya lo has pillado –dijo.

Nada más decirlo alguien se chocó violentamente con ellos. Ella se agarró a Zach y salieron despedidos. Cuando Chelsea estaba intentando como podía no perder el equilibrio, otra persona volvió a chocarse con ellos. Esa vez se cayó directamente, golpeándose primero en la espalda y después en la cabeza. Por un momento se quedó boca arriba, medio aturdida por el golpe.

Un grito le hizo rodar y ponerse de rodillas. Vio a

Sam tumbado sobre alguien. Y Zach también había caído. Lo vio allí, tirado sobre el hielo, con un brazo estirado. No se movía.

De momento le pareció que se le paraba el corazón y que no podía respirar.

Entonces él se movió un poco, se dio la vuelta e intentó incorporarse. Ella empezó a gatear hacia él, y casi había llegado cuando vio la sangre que teñía el hielo.

Zach echó las piernas por el costado de la camilla del hospital en cuanto el doctor salió de la habitación. Hacía ya cuatro horas que habían llegado al centro, cuatro horas que no había visto a Chelsea.

Primero se la habían llevado a ella, ya que se había dado un golpe en la cabeza. El corte que Zach se había hecho en el brazo no había sido una prioridad una vez que había dejado de sangrar.

Le consolaba pensar que el tipo que le había dado la cuchillada estaba bajo custodia policial. Sam había estado en contacto con la comisaría donde lo tenían retenido. Lo único que había podido averiguar hasta ese momento era que el tipo tenía antecedentes. Eso fue cuando la enfermera había sacado a Sam de la habitación para que el médico pudiera coserle el brazo a Zach. Se agarró a los barrotes de la cama para no tambalearse. Iba de camino a la puerta cuando la bonita doctora asiática le impidió el paso con una silla de ruedas.

–No puede salir sin la limusina –dijo, señalando la silla.

–¿Qué ha averiguado de Chelsea Brockway?

Ella arqueó las cejas.

–Es mucho mejor paciente que usted.

Zach se contuvo y sonrió mientras miraba la placa con su nombre.

–Doctora Tong. Iris. Hagamos un trato. Yo dejé que me cosiera el brazo, y ahora tengo la intención de saber dónde se han llevado a la señorita Brockway.

La doctora se puso delante de él.

–En las radiografías de cráneo no se ven contusiones. La señorita Brockway está bien. Pero usted no lo estará si el brazo empieza a sangrarle.

–Quiero verla –fue a pasar junto a ella, pero la doctora lo agarró del brazo bueno.

–Si quiere ver a la señorita Brockway, siéntese en la silla.

Él vaciló.

–Puedo llevarlo más rápidamente en la silla porque sé dónde está ella. Usted no.

Zach la miró, ciertamente divertido, y terminó sonriendo.

–Mis pacientes hacen lo que yo les digo porque averiguo sus puntos débiles. Y el suyo es la señorita Brockway. Se nota que está locamente enamorado de ella.

Zach no dijo nada mientras la mujer lo empujaba por el corto pasillo; ni siquiera habló con Sam, que estaba en el mostrador de las enfermeras, al pasar junto a él. Lo único que pensaba era que no podía estar enamorado de Chelsea. Una cosa era que sintiera atracción, ¿pero amor? Lo invadió el pánico. No. Era imposible.

Zach miró a su alrededor en la sala de espera. Le llevó unos instantes localizar a Chelsea porque estaba rodeada de hombres. Reconoció a Ramón, de pie detrás de ella; dos de los otros llevaban uniformes verdes. Pero lo que le llamó la atención fue el hombre que estaba arrodillado en el suelo con la cabeza asomada bajo el dobladillo de la falda. Zach se levantó de la silla de ruedas y cruzó la sala de espera a grandes zancadas.

–Ya está –dijo el hombre sin cabeza–. Creo que con eso...

Zach agarró al hombre de la camisa y pegó un tirón.

–¡Zach!

Chelsea lo agarró del puño levantado al mismo tiempo que Sam lo agarraba de la cintura por la espalda.

–Paz –Daryl sacó un pañuelo blanco del bolsillo y lo agitó, detrás de Chelsea–. Solo estaba arreglándole la falda.

–Al cuerno con la falda. Ojalá nunca la hubiera visto –dijo Zach, y su rostro se crispó en una mueca de dolor cuando intentó echarle a Chelsea el brazo herido por los hombros–. ¿Estás bien?

–Sí, estoy bien. Pero tu brazo no –se volvió a la doctora–. ¿No es verdad, doctora?

–Estará bien si logra controlar el impulso de darle puñetazos a la gente –dijo la doctora Tong con una sonrisa.

Entonces le hizo una seña a los hombres de verde para que la siguieran.

Zach le echó el brazo bueno a Chelsea por los hombros y se volvió hacia Sam.

–¿Has sabido algo más del hombre que me atacó?

Sam miró a Daryl y a Ramón.

–Puedes hablar delante de ellos –le dijo Zach.

–Ya lo ha hecho antes. Uno de los detectives en el caso cree que podrían haberlo contratado.

–Eso lo deja claro –Zach se volvió hacia Chelsea–. Vamos a volver a mi casa y tú te vas a quitar esa falda para siempre.

–No puedo. Voy a llevarla a la fiesta de tu tía de esta noche.

–No vas a ir.

–Por supuesto que voy a ir. Eres tú el que debería quedarse en casa.

Zach aspiró hondo. No iba a convencerla si se ponía a gritar.

–No puedo protegerte. Pensé que podría, pero no es así –dijo, pensando en el momento en el que había visto la sangre y había pensado que era de Chelsea–. No te permitiré... la revista no puede permitir que pongas en peligro tu vida por un estúpido artículo.

Chelsea se apartó de él. El dolor y la rabia que vio en su mirada lo conmovieron, pero no se movió. Lo único que podía pensar era en la seguridad de Chelsea.

–Es mí vida y mí estúpido artículo –dijo–. No es a mí a quien han dado un navajazo.

Pero podría haber sido a ella. Era lo que él se había estado imaginando desde que habían abandonado la pista de hielo. Y no había logrado dejar de imaginárselo.

–Los artículos de la falda se han terminado. *Metropolitan* no publicará los dos últimos.

Chelsea levantó la barbilla.

–Muy bien.

–Te quedarás esta noche en mi casa. Sam podrá protegerte allí.

–No –dijo Chelsea, retrocediendo un paso más–. No me quedaré en tu casa.

–Chels... –pero al ir a tocarla, ella retrocedió aún más.

–El superintendente habló con Daryl y Ramón. Han arreglado la puerta del apartamento e instalado una alarma. Me voy con ellos.

Cuando se volvió para marcharse, Zach consiguió no ir tras de ella. En lugar de eso, se volvió hacia Sam y le dijo:

–Cuide de ella.

–Será un placer.

Cuando Sam se disponía a marcharse, Zach lo agarró del brazo.

–Eh... Es mía.

Sam sonrió.

–Sí. Ya me doy cuenta. Se está comportando como un auténtico cretino. Eso es señal de que está loco por ella.

Capítulo Doce

Fantasía. Oropel. Elegancia. Eso era lo que Chelsea veía mirara donde mirara. Miranda había hecho un milagro, trasformando el último piso del Hotel Miramar en una auténtica estampa navideña. Las luces colgaban del techo en forma de cascada, y había flores por todas partes decorando los emplazamientos de comida y bebida y forrando las paredes alrededor de las ventanas, desde donde se contemplaban maravillosas vistas de Manhattan. El olor a comida mezclándose con el aroma de las flores, la luz de las velas resplandeciendo en el cristal y la plata, la música de violines mezclándose con las risas de los invitados... Todo ello era un deleite para los sentidos.

Pero Chelsea estaba muy triste porque Zach parecía furioso con ella. No le había dirigido la palabra ni una sola vez desde que Chelsea había llegado a la fiesta acompañada por Daryl.

Incluso en ese momento estaba sentado a la mesa de Miranda, lo más alejado posible de ella.

Por supuesto, Zach había estado hablando con los miembros del consejo de administración de la empresa. Y ella también había estado ocupada. Le dolían los pies de bailar con todos los hombres a los que Miranda le había presentado. Incluso había conseguido bailar con Sam Romano, que le había asegurado que se habían tomado todas las precauciones posibles para proteger a Zach. Pero ni siquiera sus palabras habían conseguido calmar el miedo que se había apoderado de ella desde que había visto la sangre de Zach en la pista de hielo. Si el atacante no hubiera fallado...

Apartó la vista de Zach e intentó serenarse. Había ido allí a recopilar información para su artículo, y eso era lo que iba a hacer. Miranda le había sido de gran ayuda al presentarle a varias celebridades, incluida una estrella del rap, que no solo había elogiado su modelo, sino que la había invitado a bailar. Chelsea ya estaba imaginando cómo contaría eso en su crónica.

También había bailado con el presentador del programa donde ella había aparecido. Después de bailar, él le había sugerido acompañarla a la terraza a respirar un poco de aire fresco. Justo cuando iban a salir, Miranda los había interrumpido y se la había llevado de allí.

La falda era claramente un éxito. Daryl se había superado a sí mismo. El top de lentejuelas negro que había diseñado tenía unos tirantes muy finos y le ceñía la cintura. Pero con lo que había obrado un verdadero milagro había sido con la falda. Con la ayuda del celofán y las grapas, la había preparado de modo que parecía que iba a juego con el top.

Cuando Miranda le había presentado a las esposas de tres de los miembros del consejo, ellas le habían pedido el nombre de su diseñador. Afortunadamente, había podido presentarles a Daryl, que era su acompañante esa noche.

–Tu jefe me está echando unas miradas asesinas –le dijo Daryl en voz baja.

–No quiero hablar de él –contestó ella.

Miranda se acercó a Chelsea.

–Hace años que no me divierto tanto. Zach está claramente colado por ti.

–Le gusto tanto como le pueda gustar una serpiente venenosa.

–No has visto la cara que puso cuando James McCarthy te subió el tirante que se te había resbalado. No te diré lo que amenazó con hacer si no iba y te apartaba de ese hombre. Raramente permite que una mujer, o que nadie, lo afecte tanto. Y tú conseguiste que fuera a patinar al Centro Rockefeller. No ha patinado desde que tenía cinco años.

–¿Por qué no? La verdad es que sabe hacerlo –dijo Chelsea–. Solo le hizo falta acostumbrarse a hacerlo con los patines de una sola cuchilla.

Miranda la miró.

–¿No te lo contó?

–¿Contarme el qué?

–Estaba patinando con su madre la víspera de Navidad cuando ella sufrió un colapso. Se la llevaron al hospital, pero ya fue demasiado tarde. Siempre había tenido problemas de corazón. Los médicos le habían aconsejado que no tuviera hijos. Creo que en el fondo mi hermano culpaba a Zach de la muerte de Mary.

Chelsea no pudo evitar mirar en ese momento a Zach. No vio al hombre que la había rechazado esa tarde; ni tampoco al hombre elegante y sereno que la ignoraba en ese momento. En lugar de eso, vio al pequeño que había estado patinando cuando perdió a su madre.

Y, aun así, había ido con ella a la pista. La esperanza renació en su corazón en el mismo momento en que él la miró. Pero lo único que vio en sus ojos fue frialdad.

–Me gustaría bailar con alguien –dijo.

–A tu servicio –le contestó Daryl.

–No te ofendas, Daryl, pero hemos quedado que la falda no funciona contigo. Necesito hacer mi trabajo y terminar de recopilar datos.

Miranda miró hacia la pista de baile.

–Veamos si podemos matar dos pájaros de un tiro. Ah –dijo, y empezó a tirar de Chelsea–. Tengo a la persona adecuada. ¿Conoces al hermano de Zach?

–Brevemente –dijo Chelsea–. Nuestro primer encuentro no fue demasiado bien.

Miranda tiró de ella en dirección a la pista de baile.

–Ahora está en desventaja. Está en un lugar público y no puede permitirse montar una escena.

–Aun así no querrá bailar conmigo.

Miranda le echó una sonrisa.

–Veamos si la falda puede soportar este desafío, ¿de acuerdo?

Zach tenía ganas de estrangularla. Quería agarrarla y llevarla a un sitio seguro. Pero no podía acercarse a ella. La única manera de que siguiera a salvo era manteniéndose a distancia. Era la única estrategia que se les había ocurrido a él y a Sam después de que Daryl los llamara y les avisara de que Chelsea estaba empeñada en ir a la fiesta. Por supuesto, Zach debería habérselo imaginado. ¿Cómo había creído, ni por un momento, que ella sería tan sensata como para quedarse en casa? Estaba en deuda con Daryl por ofrecerse a acompañarla.

Zach se levantó de la mesa y fue a buscar algo de beber, pero sin perder de vista a Chelsea. Habría sido más fácil de haber estado más cerca de averiguar quién estaba detrás de las amenazas, pero no era así. Hasta el momento lo único que Sam había sacado en claro era que la policía había eliminado a Boyd Carter porque llevaba dos semanas esquiando en el extranjero.

Eso colocaba a Jerry a la cabeza de la lista de sospechosos.

Mientras pedía una bebida, miró a su alrededor y vio que no era el único que se había acercado a Chelsea. Tanto Daryl como Sam se habían colocado cerca del borde de la pista.

Zach tomó la copa que le tendió el camarero, y a punto estuvo de dejarla caer al ver que su tía le tocaba a su hermano en el hombro. Dio dos pasos hacia la pista de baile, pero Daryl se interpuso en su camino.

–Tengo dos mensajes para ti. Pero quiero asegurarme de que no vas a matar al mensajero.

–Adelante –dijo Zach.

–Miranda quiere que Chelsea le haga algo de magia a tu hermano y yo me meteré en cuanto vea que hay algún lío.

Zach lo estudió unos instantes.

–Quería darte las gracias por acompañarla aquí esta noche.

–No hay problema. Después de ver el apartamento, no le habría dejado venir sola. Ramón no ha podido dejar el restaurante, de otro modo también habría estado aquí.

Zach entrecerró los ojos y miró a Daryl a la cara.

–¿Y tú? Ahora que lo pienso, no les habrá hecho mucha gracia cuando les hayas dicho que venías para acá. ¿Seguirás teniendo tu trabajo después de esta noche?

Daryl le sonrió.

–¿A quién le importa? Después de ver a Chelsea, cuatro de las esposas de los miembros de tu consejo de administración quieren que les diseñe unos vestidos, y varias quieren réplicas de la falda. Una de ellas me dio la tarjeta de un comprador en Bloomingdale y me dijo que utilizara su nombre.

–Me da la impresión de que necesitas un patrocinador. ¿Por qué no te pasas por mi despacho el miércoles? Veremos...

–Lo siento –dijo Miranda casi sin aliento–. Necesito llevarme prestado a Daryl.

Zach los observó abrirse paso entre las demás parejas que ocupaban la pista, hasta que llegaron junto a Chelsea y Jerry. Entonces dio un buen trago de su whisky escocés.

En una hora sería medianoche, y él habría terminado lo que su tía había planeado para él. El único miembro del consejo con el que aún no había hablado era Harrison Marsh, el presidente. Cuando Chelsea había bailado con él, el hombre, que era conocido por su cara de póquer, se había reído en tres ocasiones.

Si le dijera que había logrado un pequeño milagro, ella se limitaría a sacudir la cabeza y a decir que había sido obra de la falda. Pero Zach sabía que había sido ella... Chelsea.

Estaba enamorado de ella. Mientras se lo reconocía a sí mismo lo envolvieron un sinfín de sensaciones: una tensión en la garganta, una extraña presión en el pecho y una fuerte sensación de vacío en el estómago. Las mismas sensaciones que había experimentado el día que la viera en el restaurante con la cabeza de Daryl bajo su falda.

Estaba acostumbrándose a ello. Casi.

Y tenía la intención de hacer algo al respecto. Había sacado el anillo, el de su madre, de la caja fuerte que tenía en su apartamento nada más llegar del hospital. Su plan era ir al apartamento de Chelsea después de la fiesta y... Bueno, tendría que cambiar de planes. Pero de todos modos, se lo pediría esa noche, en cuanto pudiera llevársela de allí, en cuanto dieran las doce y fuera oficialmente Nochebuena. Ambos tenían que sustituir algunos malos recuerdos por otros buenos.

Después de llevar un minuto de reloj bailando con Jerry McDaniels, Chelsea había decidido dos cosas. La primera era que el hermano de Zach bailaba tan bien como el hombre de hojalata de *El Mago de Oz.*. Y la segunda, y más importante, que la falda no estaba ejerciendo en él ningún efecto. Sin duda, después de haberla utilizado todo el día, los poderes se habían gastado. El congresista McDaniels parecía empeñado en no querer ni siquiera hablar con ella. En lugar de eso, estaba charlando con otra pareja que bailaba cerca de ellos. Y como era al menos diez centímetros más alto que ella, Chelsea no lo estorbaba en absoluto.

A espaldas de Jerry, Chelsea vio que Miranda le guiñaba el ojo y que Daryl le hacía un signo de aprobación. Algo más allá, vio a Zach junto a una de las barras, charlando con una bonita camarera rubia. Entonces se volvió a mirar a Jerry y decidió ser directa.

–¿Por qué no quiere que su hermano dirija *Metropolitan*?

–Eso no es asunto suyo, jovencita.

–No, no lo es –concedió–. Pero a mí me parece que no está bien que quiera quitarlo de su puesto.

–Es mi deber. Va a llevar a la ruina una revista que mi padre se pasó toda su vida levantando.

Chelsea sacudió la cabeza.

–Eso no lo cree. Es su hermano y lo conoce lo suficientemente bien como para saber que hará bien cualquier cosa que se proponga. Eso es lo que más le fastidia de él. Está celoso.

–Tonterías. Zach no ha hecho nada en la vida, de modo que no hay nada por lo que deba estar celoso.

–Oh, bobadas. Yo tengo tres hermanos, y sé lo que es la rivalidad entre hermanos. Yo nunca he sido capaz de complacer a mi padrastro. En cambio ellos lo complacen hagan lo que hagan. Me costó mucho aceptar eso, hasta que me di cuenta de que estaba estropeando mi relación con mis hermanos. No son malos chicos, y yo les estaba echando todas las culpas por algo que era culpa de su padre.

Jerry la miró.

–No es lo mismo. Él no era mi padrastro.

–Eso es peor aún. Al menos el mío tenía la excusa de que yo no era su hija.

–No me refería a eso –dijo–. Zach no tiene por qué imprimir la clase de artículos que escribe usted. No es la dirección que mi padre quiso darle a la revista; mi deber es pedirle al consejo que lo quiten del puesto.

–Pero Zach está de acuerdo con usted. Él nunca quiso imprimir mis artículos. Solo lo ha hecho para cumplir el contrato que yo firmé con Esme Sinclair.

–Espere –Jerry se pasó la mano por los cabellos–. ¿Está intentando decirme que fue Esme la que le compró los artículos?

Chelsea asintió.

–Pero hay alguien que tiene tantas ganas como usted de que desaparezcan esos artículos. El otro día intentaron atropellarnos cuando íbamos caminando por la calle. Nos han estado amenazado con llamadas y enviándonos notas. Después alguien destrozó totalmente mi apartamento y esta mañana un hombre le ha dado una cuchillada a Zach en el brazo.

–¿A Zach? –preguntó Jerry–. No se estará inventando usted todo esto, ¿no?

–Tiene catorce puntos en el brazo. ¿Cree que eso lo convencerá? Si quiere, podemos ir ahora a verlo y puede comprobarlo.

Pero Jerry no la estaba escuchando. Chelsea vio que buscaba a alguien con la mirada.

–Zach está ahí, junto a la barra –dijo ella.

–¿Os importa si os interrumpo? –preguntó Daryl.

–¿Mmm? –Jerry lo miró.

–Me gustaría bailar con Chelsea– dijo Daryl–. Como habéis parado de bailar, me pareció un buen momento para pedírselo.

–Adelante –Jerry le puso una mano a Chelsea en el brazo–. Quiero darle las gracias, señorita Brockway. Por dejarme claro lo de Zach antes de... antes de cometer un error. Por favor, discúlpeme.

–Algo le tiene preocupado –dijo Chelsea cuando Jerry se apartó de ellos y empezó a abrirse camino entre la gente.

Le dio tiempo a darse cuenta de que no iba en dirección a Zach antes de que Daryl y ella empezaran a bailar.

Zach se relajó un poco cuando Jerry salió de la pista. Parecía que él y Chelsea se habían separado de manera amigable, aunque en ese momento no parecía muy contento.

–Tenía mis reservas en cuanto a ti, pero el pedirle a la señorita Brockway que se camele a tu hermano ha sido muy inteligente por tu parte.

A Zach le llevó unos segundos darse cuenta de que el comentario iba dirigido a él, y al darse la vuelta vio a Bill Anderson a su lado.

–Yo no tengo nada que ver con eso. Ha sido cosa de mi tía Miranda –comentó Zach.

Bill se encogió de hombros.

–Mi padre solía decir que lo mejor además de tener ideas es rodearse de personas que te las den.

Zach permaneció un momento en silencio. Entonces miró a Anderson y asintió brevemente.

–Yo diría que tu padre tenía parte de razón.

Los hombres se miraron un momento y entonces Bill dijo:

–Creo que me había equivocado contigo. Después de esa primera reunión estuve seguro de que te habías empeñado en darle a la revista una dirección totalmente nueva sin prestarnos atención a ninguno de nosotros.

–¿Y qué te ha hecho cambiar de opinión?

–Porque he visto que eres leal y honesto. Honraste el contrato de la señorita Brockway cuando no debió de gustarte demasiado hacerlo.

A espaldas de Anderson, Zach vio que Jerry se había parado a hablar con Esme Sinclair.

–Y te has ceñido a lo acordado con ella, aunque no creo que sea lo que quieres para la revista.

–Tal vez no importe lo que yo quiera para la revista después de que se reúna el consejo.

Bill miró hacia donde miraba Zach.

–No subestimes el poder de persuasión de la señorita Brockway. Yo cambié de opinión y no dimití gracias a ella. Y en cuanto Esme le hable a tu hermano de las cifras de ventas de nuestro último número, lo más probable es que reconsidere su plan de presionar a los miembros del consejo para que pidan tu dimisión.

–¿Qué cifras de ventas? El primer número desde que estoy en la dirección salió a la calle ayer.

Bill lo miró detenidamente un instante.

–¿Nadie te lo ha dicho? Tu primer número de *Metropolitan* está casi agotado. Supuse que Esme te lo habría contado ya. Los distribuidores no han dejado de recibir llamadas pidiéndoles más ejemplares desde que la señorita Brockway apareció en el programa de televisión.

–¿Esme te ha contado esto? –preguntó Zach, asomándose detrás de Bill para ver lo que hacía Chelsea. Respiró aliviado al ver que seguía bailando con Daryl.

–No. Tuve que hacer unas cuantas llamadas ayer por la tarde después de marcharse todo el mundo. Pero no te preocupes. Contacté con la imprenta y me prometieron que llevarían todo lo que tuvieran al distribuidor a primera hora del martes. La última remesa debería llegar a los quioscos y las tiendas más o menos después de que termines tu intervención en *Buenos Días, Nueva York.* Otra idea estupenda, por cierto.

–Esa tampoco fue mía –dijo Zach con pesar.

Bill Anderson se echó a reír. En ese momento Zach vio a Hal Davidson tocarle a Daryl en el hombro.

–Tendrás que perdonarme –dijo, y echó a andar hacia la pista de baile.

Vio que Sam se disponía a acercarse desde el otro lado de la pista, pero él llegó primero adonde estaba Chelsea.

–Me toca a mí –dijo Zach.

Entonces, antes de que Hal tuviera tiempo para responder, tomó a Chelsea de la mano y se la llevó de allí.

–Cuando uno interrumpe un baile, se supone que debe seguir bailando –murmuró Chelsea mientras avanzaban entre las parejas.

–No pienso bailar contigo –contestó Zach–. Ni siquiera debería acercarme a ti.

Al decir eso, Chelsea se detuvo y se puso delante de él.

–¿Por qué no? No tengo piojos, ¿sabes?

–¿Tú? –Zach la miró y pestañeó–. ¿Piojos?

–Ya sabes. Esos bichitos que anidan en el pelo, detrás de las orejas...

Antes de poder anticiparlo, ella lo agarró de la oreja y se la retorció.

–¡Ay!

–Como no vas a bailar conmigo, voy a bailar con Hal.

–De eso nada.

Zach lo agarró de la mano y cruzaron juntos uno de los amplios arcos por los que se accedía fuera del salón.

–¿Adónde vamos? –preguntó Chelsea.

–En cuanto Sam nos siga, tú te vas a casa.

–Yo no voy...

Él la silenció con un apasionado beso.

–No lo entiendes. Sam dice que el que me dio el navajazo iba claramente por mí. No es seguro que estés a mi lado.

Chelsea lo miró.

–¿Por eso me has estado evitando? ¿Para protegerme?

–Sí. ¿Querrás irte ahora?

Pero ella había echado a andar por el pasillo, tirando de él y abriendo puertas. Cuando encontró una que se abría, se metieron allí y encendió el interruptor. A Zach le dio tiempo a darse cuenta de que era una especie de almacén antes de que ella le echara los brazos al cuello y pegara sus labios a los suyos.

–Has hecho muy mal –dijo cuando se separó para dejarlo respirar, para respirar los dos–. Te odio –pero le tenía los brazos al cuello y le acariciaba los cabellos–. Pensé que no me deseabas.

–Pues claro que te deseaba –dijo y empezó a besarle la mejilla y el cuello–. Y te deseo ahora.

–Lo sé –murmuró mientras le mordisqueaba la oreja.

–Pero no podemos –dijo él, intentando no perder el control.

–Podemos –le corrigió, girándole la cara para que él la besara–. Aquí. Ahora.

Zach se hundió en un mar de sensaciones al tiempo que ella le metía la lengua en la boca. Su calor, su aroma, su sabor empezaron a darle vueltas en la cabeza hasta que no fue capaz de separarlos. Se había pasado toda la noche viéndola en brazos de otros hombres. En ese momento estaba entre sus brazos. Le deslizó los dedos bajo los finísimos tirantes del top y se los retiró.

–No –se apartó de él–. No puedes.

Zach sacudió la cabeza.

–Pero acabas de decir que...

–Quiero decir que no puedes quitarme el top. Daryl me lo cosió puesto. Si me lo quitas, se me caerá la falda.

–Maldita fada –dijo Zach–. Quiero tocarte. Llevo todo el día esperando a tocarte. Y eres tú la que me has traído hasta aquí.

–Para hacerte cosas prohibidas –le tomó las manos y le besó primero una palma y después la otra–. Solo es el top que no puedes quitarme. Tengo que volver a la fiesta. Y tú también.

–Esto es una locura –murmuró al tiempo que apoyaba la frente contra la suya.

Pensó en sus planes de hacerle el amor, de pedirle que se casara con él. Cuando terminara la fiesta, se recordó a sí mismo. Cuando fuera seguro.

–¿Podré alguna vez hacer planes contigo, Chelsea Brockway?

–Pues anoche en la silla esa lo hiciste bastante bien –le recordó ella.

–¿Solo bastante bien? –le preguntó mientras le agarraba de la cintura y la subía sobre una estantería.

–Estoy seguro de que podrías mejorar con la práctica.

Entonces él la interrumpió besándola con ardor.

Su intención había sido continuar provocándolo, pero por fin Zach estaba acariciándola donde ella quería, deslizándole las manos por los muslos, retirándole la falda a medida que iba avanzando. Chelsea olvidó lo que fuera a decir y se dejó llevar por el intenso deseo. Lo agarró con más fuerza por los hombros, gimiendo suavemente. Cuando notó los nudillos rozándole la entrepierna, se arqueó sobre su mano, indefensa ante tanto placer. Entonces le metió la mano por la cinturilla de la braguita y se las bajó despacio mientras le deslizaba los labios sobre los muslos, las rodillas, los tobillos.

Chelsea sintió un calor en su interior que amenazó con engullirla. Entonces Zach empezó a besarla en la boca intensa y apasionadamente. Ella no se quedó atrás, y le rodeó la cintura con las piernas para pegarse a él todo lo más posible.

–Espera –dijo, separándose un poco para desabrocharse el cinturón y bajarse la cremallera.

Entonces le abrió las piernas y se arrimó más a ella. Le hundió los dedos en las caderas y tiró de ella hacia delante. Finalmente, Chelsea sintió la increíble presión, el ardiente calor, cuando él empezó a penetrarla.

Cuando de repente él se retiró, el vacío que sintió fue casi insoportable. Chelsea susurró su nombre con voz ronca.

–Zach, por favor.

–Eres mía. Dímelo.

–Soy tuya.

Zach empezó entonces a moverse dentro de ella. Su intención era ir despacio, pero las palabras de Chelsea lo habían incitado hasta límites insospechados. De modo que la agarró con fuerza de las caderas y se hundió una y otra vez en ella, con rapidez, sin poder detenerse. Ella era todo lo que veía, todo lo que le importaba en ese momento. Lo satisfacía de tal modo que no existía nadie más, ni otra cosa que no fuera la inmensa explosión de placer que se procuraron el uno al otro.

Después, Zach continuó abrazándola un buen rato, tanto por su propio bien como por el de ella. Estaba temblando; nadie le había hecho sentir la debilidad que le hacía sentir Chelsea.

–Creo que esto ha sido más que bastante bien –dijo sin separarse de él.

Zach se echó a reír primero, y después ella hizo lo mismo. Pasados unos segundos, él se apartó y la miró.

–¿Alguna vez voy a saber de antemano lo que vas a decir o hacer?

–Probablemente –miró a su alrededor–. Pero es que es la primera vez que siento algo así.

–Yo también –dijo Zach, y se llevó una de las manos de Chelsea a los labios–. Chels...

En ese momento unos suaves golpes a la puerta lo interrumpieron. Maldijo entre dientes y le pasó a Chelsea las medias, antes de acercarse a la puerta.

–¿McDaniels?

Zach reconoció la voz de Sam y abrió la puerta.

–¿Qué ocurre?

–No les habría interrumpido, pero su hermano quiere hablar con usted. Le preguntó a su tía dónde se habían metido, y ella vino a preguntármelo. Dice que es urgente.

Zach miró a Chelsea y vio que se había bajado de la estantería. Lo que menos le apetecía era hablar con su hermano.

–¿Estás lista?

–No me importaría pasar por el servicio de señoras –contestó ella.

–Usted quédese con Chelsea –le dijo Zach a Sam cuando salió al pasillo–. Iré a ver lo que quiere mi hermano.

Chelsea se miró en el espejo del baño de señoras y vio que la creación de Daryl seguía intacta. Sonrió. Tal vez más tarde podrían volver a intentarlo. Pero de momento el celofán y las grapas seguían en su sitio. Era el pelo lo que tenía todo revuelto. Estaba atusándoselo cuando entró Esme Sinclair. La mujer llevaba un abrigo de piel colgado del brazo.

–Vamos a tener que dejar de vernos en los servicios de señoras –dijo Chelsea.

Esme le sonrió en el espejo y se puso el abrigo. Entonces sacó una barra de labios plateada de su bolso.

–Pues sí. Antes de irme me gustaría felicitarte. Tus artículos de la falda han tenido mucho más éxito de lo que esperaba.

Chelsea se volvió hacia ella.

–Te lo debo todo a ti. De no haber querido darme la oportunidad... Quiero volver a darte las gracias por eso.

Esme se puso seria.

–El primer día cuando entraste en mi oficina, me recordaste a mí misma hace treinta años...

–Me halaga. Siempre he admirado... –pero Chelsea se quedó sin habla al ver que Esme sacaba una pistola del bolsillo de su abrigo.

–Deberías haber seguido el consejo que te di en el servicio de señoras de Flannery's. Cometiste un error no llevando los artículos a otra revista.

Chelsea tragó saliva e intentó ahogar la sensación de pánico.

–¿Por qué?

La expresión en el rostro de Esme se endureció, pero fue la mirada que vio en sus ojos lo que le hizo sentir verdadero terror.

–Te hice firmar ese contrato. Fue idea mía. No le permitiré que se lleve los laureles. Esta vez no. Siempre se los llevaba él.

–¿Pero qué más cosas se atribuyó?

–Todas mis ideas. Me prometió que un día yo dirigiría la revista. Pero solo fue otra de sus mentiras. Y yo fui lo suficientemente tonta como para creerlo porque lo amaba.

–No está hablando de Zach, ¿verdad? Él nunca le prometió eso.

–Su padre fue el que me lo prometió, y Zach es igual que él. No cometas el mismo error que yo. No te enamores de él. He intentado avisarte.

Chelsea tenía la espalda pegada a la puerta.

–Señorita Sinclair, Zach se asegurará de que el mérito por los artículos sea suyo.

Esme la miró con frialdad.

–Es demasiado tarde para eso. Quiero la revista. Su padre me prometió la revista.

Así, tan de cerca, Chelsea vio la locura en los ojos de la mujer.

–Intentó atropellarnos esa noche cuando salimos de Flannery' s, ¿no es así?

Esme tenía los nudillos blancos de la fuerza con la que agarraba la pistola.

–No quisiste tomar el consejo que te di para que te llevaras los artículos a otra parte. De repente, tenías a todos los empleados y a McDaniels comiendo de tu mano. Tuve miedo.

–Entonces decidió asustarme con las llamadas amenazadoras.

–Sí, y le dije al hermano de Zach de qué trataban los artículos, cómo podían influenciar negativamente su campaña. Sabía que él instigaría al consejo. Habría funcionado de no haber ido tú a ese programa de televisión. Incluso entonces, se me ocurrió que podría arreglar las cosas si te robaba la falda. ¿Cómo podías terminar los artículos si no la tenías? Pero no estaba en tu apartamento. Entonces me di cuenta de que mi plan inicial era la única manera. Tenía que deshacerme de ti.

–Pero el hombre de la pista de hielo apuñaló a Zach.

–Lo contraté para que os atacara a los dos. Ahora tengo que hacerlo por mi cuenta –Esme lo agarró del brazo y la apartó de la puerta–. Vamos a ir juntas hasta el ascensor. Tengo la pistola en el bolsillo. Si

McDaniels intenta detenernos, le convencerás de que vamos a tomar una copa. De otro modo, le dispararé.

Chelsea sabía que lo haría; se lo notó en la mirada. Rezando para no encontrarse a Zach de camino a los ascensores, Chelsea salió del baño. Sam fue la primera persona a la que vio, pero lo ignoró al ver que él se separaba de la pared. Al ver a Zach caminando hacia ella el pánico le atenazó la garganta y el estómago. Jerry estaba justo detrás de él. Chelsea notó que Esme se ponía tensa.

«Corre» –dijo articulando con los labios en dirección a Zach.

Entonces consiguió esbozar una sonrisa.

–Esme y yo vamos a tomar una copa.

–Iré con vosotras.

–No –dijo en tono más tenso del que había pretendido; entonces sonrió abiertamente y dio un paso hacia él–. Solo chicas.

Entonces se dio la vuelta rápidamente, tapando a Zach con su cuerpo al tiempo que se lanzaba con todas sus fuerzas encima de Esme.

El ruido del tiro reverberó en su mente mientras sentía que alguien la agarraba y le daba un buen empujón. Entonces perdió el equilibrio y se pegó con la cabeza contra el suelo. Primero se le nubló la vista, y seguidamente la engulló la oscuridad.

–Esto no es un hospital –dijo Chelsea, frotándose los ojos al tiempo que salían del taxi–. Este es el Centro Rockefeller –tal vez se hubiera quedado dormida, pero la luna brillaba en el firmamento y habría reconocido aquel árbol de Navidad en cualquier sitio–. Me prometiste que iríamos directamente a urgencias. Tu brazo... –el disparo de Esme no le había dado.

Nada más recuperar el conocimiento, ella misma lo había comprobado, pero la herida del brazo le había empezado a sangrar y el doctor del hotel les había aconsejado que se fueran a las urgencias del hospital.

–Es a ti a quien van a hacer una radiografía de cráneo –le dijo Zach–. Si Jerry no te hubiera agarrado...

Chelsea vio lo tremendamente frustrado que estaba. Pero también percibió en él algo más. ¿Miedo? Alzó la mano y le rozó la mejilla.

–Yo he accedido a que me hagan otra radiografía si tú dejas echar un vistazo al brazo.

Con un suspiro, Zach apoyó la cabeza sobre la de ella.

–Ayúdame con esto, Chels. Yo nunca lo he hecho.

–Has estado esta tarde en el hospital.

–No estoy hablando de eso.

–¿Entonces de qué estás hablando?

Miró a su alrededor. La plaza estaba desierta. Podrían haber estado totalmente solos en la ciudad, excepto por algún que otro coche que pasaba de vez en cuando.

–Son casi las dos de la mañana. No podemos patinar ahora.

–Es Nochebuena, y quiero... –se dio la vuelta y dio unos pasos, después se volvió de nuevo hacia ella–. Yo no lo había planeado así. Desde que te conocí nada me sale como yo lo planeo –le dijo en tono de acusación, pero ella no se arredró.

–El plan era ir a urgencias.

Él avanzó dos pasos y la agarró por los hombros con fuerza.

–¡Tu brazo, Zach!

–¡Cállate!

De pronto Zach se puso de rodillas. Chelsea sintió que también a ella le fallaban, y también se puso de rodillas, para estar frente a frente.

–Estás herido de verdad.

–Es mi corazón –dijo Zach.

Chelsea estuvo casi segura de que el corazón estaba a punto de fallarle. Entonces vio que su mirada era risueña. Un instante después, la risa de Zach inundó el frío aire nocturno, y este le agarró la cara con las dos manos y la miró a los ojos.

–Te quiero, Chels.

Esa vez se le paró sin duda el corazón.

–No quería decírtelo en las urgencias del hospital –se metió la mano en el bolsillo y sacó el estuche con el anillo de su madre–. Quería darte esto.

Ella no dijo nada, sino que se quedó mirando el diamante rodeado de rubíes con asombro.

–Cásate conmigo, Chels.

Chelsea contuvo las lágrimas mientras lo miraba a los ojos.

–Alguien me dijo una vez que la mejor manera de borrar un recuerdo malo era sustituirlo por uno bueno. Quiero que tengas un recuerdo feliz del día de Nochebuena.

–Yo también quiero lo mismo para ti –dijo, y entonces le echó los brazos al cuello y lo besó–. Qué pena que no haya una silla para sentarse cuando una la necesita.

–¿Te apuestas a que encuentro un almacén en el hospital?

Ambos se echaron a reír mientras se ponían de pie para ir de la mano hacia la calle.

–¿He olvidado decirte feliz cumpleaños? –preguntó Zach.

–Sí. Cuando tengamos sesenta años, te lo seguiré recordando.

Él la abrazó y sonrió lleno de felicidad.

–Me lo figuraba. Te quiero, Chels. Feliz cumpleaños.

Entonces la besó otra vez. Y aunque ninguno de los dos lo vio, la luz de la luna iluminó la falda, que en ese momento resplandeció.

Epílogo

Chelsea estudió su reflejo en el espejo. Apenas se reconocía a sí misma con el vestido de novia que Daryl había diseñado para ella. El top de lentejuelas blanco era una copia del que le había diseñado para la fiesta de Navidad de Miranda, pero esa vez iba emparejado con una falda de seda blanca que le llegaba hasta la punta de los zapatos. No llevaba velo. Un ramillete de orquídeas blancas era lo único que llevaba en el pelo. De no haber estado allí con sus mejores amigas de la facultad, no habría creído que era ella la que estaba allí en realidad.

Kate estaba a su derecha y Gwen a su izquierda, cada una de ellas luciendo versiones idénticas del modelo que Chelsea había llevado a la fiesta de Navidad. Daryl había realizado varias réplicas del top de lentejuelas y los había combinado con imitaciones de la falda; cientos de las cuales estaban ya disponibles en Bloomingdale's justo a tiempo para Nochevieja.

Ninguna de sus dos amigas llevaba puesta la falda verdadera. No se la había ofrecido aún a ninguna de ellas porque... Se miró la mano que tenía agarrada la falda mágica con fuerza.

En realidad no parecía capaz de soltarla. Aunque no había tomado nada de champán, sintió como una especie de revoloteo en el estómago. Levantó la falda y le dio un buen tirón, pero nada.

–No te preocupes, Chels –Kate le dio una palmada en el hombro–. Daryl viene para acá. Sabrá lo que hay que hacer.

–Parece que su especialidad es resolver problemas

de diseño. Desde luego se ha lucido diseñando nuestros vestidos en tan poco tiempo –señaló Gwen.

–No lo entendéis. Tengo que lanzaros la falda a una de las dos –dijo Chelsea–. De ese modo podréis encontrar el verdadero amor.

Gwen retrocedió un poco.

–Puedes quedártela.

–Ni siquiera deberías estar pensando en la falda –dijo Kate–. O en nosotras. Es el día de tu boda. Zach te está esperando. Lo único que tienes que hacer es cruzar esa puerta y bajar las escaleras.

–¿Cuál es el problema? –Daryl entró con rapidez en la habitación, con Miranda y Ramón a la zaga.

Antes de que volviera a cerrarse la puerta, Chelsea oyó los primeros acordes de la marcha nupcial y sintió otro revoloteo en el estómago.

–No soy capaz de soltar la falda –dijo, levantando la mano y sacudiéndola.

–Tonterías –dijo Daryl, que la agarró en ese momento y le dio un buen tirón.

Chelsea se tambaleó hacia delante, pero no soltó la falda.

–De acuerdo –dijo Ramón–. Este es el plan. Miranda, tú agárrame de la cintura y yo agarraré a Daryl. Kate y Gwen, vosotros agarráis a Chelsea por la cintura. Cuando cuente tres, tiráis.

Lo intentaron con todas sus fuerzas, pero la mano no quería soltar la falda.

La puerta volvió a abrirse y de nuevo Chelsea oyó con claridad los acordes de la marcha nupcial.

–¿Qué demonios está pasando aquí?

Todos se incorporaron y se dieron la vuelta. Jerry McDaniels los miraba sorprendido.

–Los invitados están ya sentados. Mi hermano está esperando en el altar y es la tercera vez que el organista empieza la marcha nupcial –hizo una pausa y miró extrañado a Chelsea–. ¿No estarás pensando en dejar plantado a mi hermano, verdad?

Miranda fue rápidamente hacia él y le dio unas palmadas en el pecho.

–Por supuesto que no. Bajaremos dentro de un momento. Chelsea tiene un pequeño problema con la falda.

–¿La falda? –preguntó Jerry, mirándola con cierto recelo.

–No soy capaz de sotarla –dijo, sacudiéndola de nuevo.

Jerry retrocedió rápidamente.

–Creo que es psicológico –anunció Daryl–. En el fondo cree que Zach se sintió atraído por la falda, no por ella. Por eso tiene miedo de perderlo si se desprende de ella.

–¿Y yo tengo que decirle eso a mi hermano y a los invitados? –preguntó Jerry.

–Pues claro que no –dijo Daryl, agarrando del brazo a Jerry y urgiéndole hacia la puerta–. Vas a pedirle a tu hermano que suba; él es el único que puede resolver este problema.

–De eso nada –anunció Jerry–. Parte de mi deber como padrino es asegurarme de que el novio no ve a la novia antes de la ceremonia.

–Oh, déjate de tonterías, Jer. Puede hablar con ella a través de la cerradura, si con eso te vas a sentir mejor. Tú solo dile que suba –una vez que había salido Jerry, Daryl se volvió hacia Ramón–. Ramón, tú puedes acompañar a Miranda abajo y ocuparte del organista. Dile que toque alguna melodía con la que entretener a la gente; que deje la marcha nupcial hasta que llegue la novia al pie de las escaleras. Señoras –le ofreció un brazo a Kate y a Gwen y fue hacia la puerta–. Te veo dentro de un momento, Chels.

Chelsea se miró la mano con indecisión. Se le habían puesto los nudillos blancos de agarrar la falda con tanta fuerza. ¿Tendría razón Daryl? ¿Temía soltar la falda porque en el fondo pensaba que era lo único que atraía a Zach?

Pasaron unos segundos y Chelsea empezó a pasearse por la habitación. Debía de ser verdad, y por esa razón no había subido aún.

Al oír que llamaban a la puerta, Chelsea corrió hacia ella.

–¿Zach?

–¿Chels? –llamó a la puerta.

No quería casarse con él. Ese era el verdadero miedo que le había hecho correr por el pasillo central de la capilla y subir las escaleras de dos en dos.

–Abre, aunque sea un poco.

A su lado, Jerry aspiró hondo, pero Zach le echó una mirada como diciéndole que se mantuviera al margen. De no haber sido porque le debía a Jerry la vida de Chelsea, tal vez hubiera dudado de la nueva relación establecida con su hermano. Jerry había insistido en subir con él, diciéndole que era su deber de padrino. Los otros lo habían seguido como un séquito. Daryl, Ramón, Kate, Gwen y Miranda esperaban en fila en las escaleras. Más abajo, en el salón del ático de lujo de Miranda, los invitados esperaban a ver si Zach conseguía que por fin la novia se uniera a él en el altar.

Y lo haría.

–Chels –repitió–. Abre la puerta.

–No puedo –dijo Chelsea–. Se supone que no debes verme antes de la ceremonia.

–No habrá ceremonia si no sales.

–Lo haré en cuanto pueda soltar esta falda. Tengo que lanzársela a Kate o a Gwen, y yo...

–Espera –la interrumpió Zach, y suspiró largamente–. ¿Quieres decir que esa maldita falda está detrás de todo esto?

–Sí. No soy capaz de abrir la mano y soltarla. Daryl dice que es todo psicológico.

Zach apoyó la cabeza contra la puerta y sonrió. Nunca se aburriría mientras estuviera casado con Chelsea.

–De acuerdo, tengo un plan. Vamos a cerrar los ojos los dos, entonces tú abrirás la puerta y yo entraré y te quitaré la falda –dijo Zach.

Entonces Zach se aseguraría de que una de sus amigas se la llevara a algún sitio muy alejado.

Cerró los ojos, sintió que se abría la puerta y entonces le agarró la mano a Chelsea nada más sacar ella la falda.

–No fue la falda lo que me hizo quererte y desearte, Chels. Fuiste tú.

Ella no la soltó cuando él tiró.

–¿Cómo puedes estar tan seguro? –le preguntó ella.

–¿Crees que gracias a la falda te ofrecí un puesto en el departamento editorial de *Metropolitan*?

–No.

Zach se acercó más a la puerta. Tenía mucha más fe en sí misma como escritora que como mujer. Y se había mostrado reacia a ocupar el puesto de Esme hasta que él le había explicado que había contratado al mejor abogado posible para la mujer. A pesar de todo lo que había hecho Esme Sinclair, sentía compasión por ella. Entendía lo difícil que había sido complacer a su padre, y sabía lo que era soñar toda la vida con hacer algo como dirigir *Metropolitan*.

Zach se acercó a la puerta y le susurró:

–No llevabas la falda la primera vez que hicimos el amor, ni la segunda...

–Pero la llevaba la tercera vez, cuando estábamos en el almacén.

¿Cómo había podido olvidar que Chelsea argumentaba como una profesional?

–Eso fue bajo coacción. Me retorciste la oreja. Lo hice para que no siguieras pegándome, no por la falda.

Ella se echó a reír, y Zach le agarró la mano con más fuerza.

–Ahora no llevas la falda puesta, y quiero que me beses, Chels.

–No podemos.
–No abras los ojos.
Zach abrió la puerta un poco más y sus labios se unieron a los de Chelsea. En cuanto ella empezó a besarla, Zach sintió que aflojaba la mano. Le quitó la falda, le dio la mano y con la mano libre se la pasó a Jerry.
Aunque tenía ganas de seguir besándola, se retiró mientras podía. Al hacerlo vio que la falda pasaba de uno a otro hasta llegar a manos de Miranda, que la dobló y se la colocó debajo del brazo.
Entonces se volvió y agarró a Chelsea con más fuerza.
–¿Estás lista?
–Solo hay un pequeño problema –dijo–. Ahora que ya no tengo la falda, no puedo soltarte la mano.
Zach se volvió a mirar hacia los amigos que los esperaban en la escalera; entonces miró a su tía y sonrió.
«No la dejarás escapar... »
Qué ciertas habían resultado esas palabras de su tía. ¿Y qué pasaba si le esperaba una vida cargada de sorpresas? Sonrió y tiró de Chelsea.
–No pasa nada. Iremos juntos hasta el altar.
Y para sorpresa y deleite de sus invitados, eso fue exactamente lo que hicieron.

En el Deseo titulado: *Fuera de su alcance* podrás seguir las peripecias de esta mágica falda...